외모 대여점

見た目レンタルショップ 化けの皮

MITAME RENTAL SHOP BAKENOKAWA
by Hirochika ISHIKAWA
© 2020 Hirochika ISHIKAWA
All rights reserved.
Original Japanese edition published by SHOGAKUKAN.
Korean translation rights arranged with SHOGAKUKAN
through THE SAKAI AGENCY and DANNY HONG AGENCY.

무엇이든 빌려드립니다

외모 대여점

이시카와 히로치카 장편소설

양지윤 옮김

무엇이든 대여점 변신 가면

OPEN

마시멜로

전혀 다른 사람이 되고 싶다면
'외모'를 대여해 보세요.
'무엇이든 대여점 변신 가면'에서는
원하시는 그 어떤 외모라도 하루 동안
자유롭게 이용하실 수 있습니다.
두 가지의 조건만 지켜주신다면요.

첫 번째,
범죄 행위에 이용하지 말 것.

두 번째,
혼이 뒤바뀐 상태에서는 서로 가까이 있을 것.

외모 대여점

차례

아즈마 안지

대학교 1학년. '무엇이든 대여점 변신 가면'의 점장. 잠버릇으로 헝클어진 부스스한 머리와 목이 늘어난 줄무늬 티셔츠가 트레이드마크다. 할아버지인 소노지로부터 여우를 부려 외모를 맞바꿔 주는 신비한 능력을 물려받았다.

구레하

변신 여우. '무엇이든 대여점 변신 가면'의 점원. 머리부터 발끝까지 검은색 복장이며 빈틈없는 성격의 소유자다. 무엇으로든 둔갑할 수 있는 만능둔갑술을 지녔다. 일찍이 안지의 할아버지인 소노지를 섬겨 왔다.

사와카

변신 여우. '무엇이든 대여점 변신 가면'의 점원. 흰색이 잘 어울리는 쿨한 인상의 꼼꼼한 인물이다. 구레하와 마찬가지로 무엇으로든 둔갑할 수 있는 요력(妖力)의 소유자다. 안지는 물론이고 구레하, 마토이, 호노카를 지키려는 책임감이 강하다.

호노카

쌍둥이 여우 중 동생이자 '무엇이든 대여점 변신 가면'의 아르바이트생. 길을 걸으면 지나가는 사람이 무심코 뒤돌아볼 만큼 엄청난 미소녀다. 아직 인간 세상에 익숙하지 않다.

마토이

쌍둥이 여우 중 오빠이자 '무엇이든 대여점 변신 가면'의 아르바이트생. 길을 지나가면 SNS에 목격 정보가 퍼질 만큼 잘생겼다. 인간의 사고방식을 이해하기 시작하면서 이따금 인간다운 말을 할 수 있게 됐다.

머나먼 옛날 어느 여름밤.

한 아이가 불에 휩싸인 초가집을 혼자 올려다보고 있다. 열 살쯤 된 남자애다. 누덕누덕 기운 삼베 옷차림이 불꽃에 빨갛게 비친다.

"네 짓이냐? 사와카."

불쑥 아이가 물었다. 어느 틈엔가 아이 뒤로 흰옷을 입은 청년이 모습을 드러냈다.

"그래, 맞아."

낮고 차분한 목소리다.

"왜 그랬지?"

"널 지켜야 하니까."

"그런 부탁은 한 적 없어."

"그게 내 일이야."

"널 부리는 건 나야."

"널 잃으면 우리도 살아남지 못해."

아이는 깊은 한숨을 내쉬었다.

"가업은 내 대에서 끝낼 거야."

"그다음엔 어쩌려고?"

"너희들이랑 조용히 살지 뭐. 아무도 모르게 산속에라도 틀어박혀서."

흰옷 차림의 청년은 어느 틈에 나타난 또 다른 청년에게 시선을 보냈다. 이쪽은 온몸을 검은 옷으로 휘감고 있다. 신발마저 검은색이어서 불길이 닿지 않는 쪽으로 그대로 흡수되어 버릴 것만 같다.

"…… 그렇다는데, 구레하."

"소노지와 함께라면 그런 삶도 나쁘지 않지."

두 청년은 소노지라고 하는 아이의 뒷모습을 바라보며 가만히 웃었다.

그리고는 소노지의 재촉에 함께 따라나선다.

불빛에 비치며 지면에 기다랗게 드리운 그림자에는 동그랗게 말린 꼬리가 달려 있었다.

◇ ◇ ◇

이삿짐 차가 들어오는 소리가 난다.

지쳐서 툇마루에 주저앉아 있던 안지가 한숨을 내쉬었다.

"벌써 온 건가."

오전 내내 차에 가득 실은 짐을 다시 내려야 할 차례다. 역시 이사는 보통 일이 아니다. 대학에 입학하면서 이사라면 이제 넌더리가 난다고 생각했는데, 한 달도 채 지나지 않아 또 이사하게 될 줄이야.

"저기요, 이건 어디에 둘까요?"

이사업자가 부르는 소리가 들린다.

"지금 갑니다."

안지는 종종걸음으로 뒷마당을 가로질러 갔다.

이사한 집은 지은 지 백 년쯤 된 낡은 주택이다. 내부 공간의 일부를 점포로 개축하기는 했지만, 외관은 거의 손대지 않았다. 오늘부터 이곳이 안지가 살아갈 집이자 가게다.

현관 앞에서는 이사업자 둘이서 커다란 간판을 옮기고 있다.

"아, 그건 현관 옆에 두셔도……."

안지가 연신 공손하게 말하자 거만한 투의 반말이 되돌아왔다.

"여기 말이지?"

완전히 얕보인 것이다.

오늘 안지는 평소 모습 그대로나 마찬가지다. 잠버릇으로 엉망이 된 부스스한 머리에, 중학생 시절부터 즐겨 입은 줄무늬 티셔츠와 낡아빠진 베이지색 면바지, 거기에 갈색 지압용 슬리퍼 차림이다. 그뿐인가. 멋이라곤 하나 없는 은테 안경을 쓴 모습에서 어엿한 약자의 풍모가 느껴진다. 이사업자들은 이런 녀석을 좀 얕보는 게 뭐가 나쁘냐는 듯한 태도를 서슴지 않는다.

"안지. 일찍 왔네."

먼저 도착해서 기다리고 있던 구레하가 현관에서 삐죽 얼굴을 내밀었다. 넉넉한 검정 윗도리에 같은 색의 스키니 진으로 매치한 블랙 코디는, 운치 있는 낡은 주택의 현관 앞 풍경과는 다소 어울리지 않는다.

산뜻하게 자른 짧은 머리의 구레하는 조금 왜소하긴 해도 어디에나 있을 법한 이십 대 중반의 청년이다. 그런데도 무슨 이유에선지 처음 대면하는 상대를 긴장하게 만드는 면이 있었다. 눈꼬리가 처져 친절한 듯 보이면서도 묘하게 차가운 구석이 있는 눈 때문이라고 안지는 생각했다.

뜻밖의 '제대로 된 어른'이 등장하자 갑자기 이사업자들의 동작이 빠릿빠릿해졌다.

"안지 왔네."

게다가 이번엔 사와카까지 모습을 드러냈다.

이쪽은 하얀 긴소매 티셔츠에 연한 먹색 청바지 차림이라 언뜻 화이트 코디로 맞춰 입은 것처럼 보인다. 옆으로 넘긴 앞머리 사이로, 올라간 눈꼬리가 보인다. 구레하와는 대조적이다. 사와카 역시 이십 대 중반의 요즘 청년으로 보이지만, 상대가 누구든 동요하지 않을 듯한 듬직함이 느껴진다. 이사업자들은 군소리 하나 없이 묵묵히 짐을 다 내리고선 허둥지둥 돌아갔다.

"…… 알기 쉬운 사람들이네."

자기도 모르게 안지가 중얼거렸다.

"뭐라고 했어?"

옆에 있던 구레하가 얼굴을 들여다보자 안지는 아무 일도 아니라며 고개를 흔들었다.

"간판 먼저 걸까?"

현관 바로 위에 조금 널따랗게 공간이 비어 있다. 거기에 맞춰서 간판을 만들어 온 것이다. 구레하는 접이식 사다리에 올라서고 사와카는 뒤집은 양동이에 올라선 채 간판을 들어 올렸다.

"조금만 더 오른쪽. 그래, 거기. 잠깐, 구레하 쪽으로 살짝 기울어진 것 같아."

안지는 멀찌감치 비켜선 채 간판의 균형이 맞는지 세세한 부분까지 살핀다.

"거기야!"

위치가 정해졌다. 콩 콩 콩. 못 박는 소리가 조잘대는 작은 새소리와 뒤섞인다.

세 사람이 나란히 서서 간판을 바라봤다. 단순하게 글씨뿐인 간판에 이렇게 쓰여 있다.

'무엇이든 대여점 변신 가면'

대여 계약 ①

시바타 사쓰키

여, 17세

무엇이든 대여점 변신 가면

OPEN

전혀 다른 사람이 되고 싶다면, '외모'를 대여해 보세요.

누가 봐도 호노카는 여고생이다. 게다가 꽤 귀엽다.

턱 끝까지 내려오는 짧은 단발에 세일러복 차림이 이 토록 잘 어울리는 여자애도 없을 거라며 스스로 뻐기고 싶어질 만큼 사랑스럽다. 늘 이 모습으로 지낼 수 있다면 좋겠지만, 길어봤자 겨우 일주일이 한계다. 그래서 학교 에도 다니지 않는다. 교복은 입고 있지만.

"호노카, 일단 청소부터 끝내지 그래?"

손님용 전신 거울을 잠깐 들여다봤을 뿐인데 농땡이 부린다고 오해한 모양이다. 호노카는 토방의 먼지를 빗자 루로 쓸고 있던 마토이를 흘겨봤다.

"시킨 곳은 벌써 다 했는걸."

"창문은 닦았고?"

거기까진 미처 손대지 못했다. 입술을 비쭉 내밀며 호 노카는 입을 다물고 만다.

마토이는 호노카의 쌍둥이 오빠다. 성별만 다르고 겉모 습은 쏙 빼닮았다.

"흐음, 오늘도 '저쪽'의 예약 손님은 제로인가."

존재 자체를 까맣게 잊고 있던 점장 안지가 카운터 안에서 얼빠진 목소리로 말했다.

안지는 호노카가 아르바이트를 하고 있는 대여점의 점장이다. 쌍둥이의 보호자이기도 하다. 풋. 호노카는 살며시 실소를 터트리며 생각했다. 어쩌다 고작 이런 녀석이.

안지는 살림집이자 가게이기도 한 이 낡은 주택에서 자전거로 삼십 분쯤 떨어진 어느 국립 대학교에 다닌다. 갓 입학한 새내기다. 오늘은 오전 강의뿐이어서 출근했지만, 평소에는 사와카와 구레하 두 사람만 가게에 나와 있다. 호노카와 마토이가 일하는 날도 일주일에 세 번 정도다.

호노카는 새침하게 고개를 돌린 채 안지에게 말했다.

"점장씩이나 됐으면 좀 더 손님이 찾아오도록 노력해야 하는 거 아냐?"

어째선지 안지에게는 뾰족하게 굴고 만다.

"호노카. 안지한테 말버릇이 그게 뭐야."

별안간 등 뒤에서 들려온 목소리에 호노카는 움찔했다. 장을 보러 갔던 구레하가 돌아온 모양이었다. 호노카가 푹 빠져 있는 사와카도 뒤따라 들어왔다.

"내 말은, 오늘도 '저쪽'의 예약이 없다니까 하는 소리
지……."

선물용으로 보이는 편의점 고기 찐빵을 마토이에게 건
네면서 구레하는 호노카를 나무랐다.

"착각하지 마, 호노카. 네 보호자는 우리가 아니라 안지
라고."

누가 뭐라나. 안지가 우리의 주인이며 자신들을 위해
이 가게를 열었다는 사실도 잘 알고 있다. 전단 같은 것도
틈틈이 돌리는 덕에 그럭저럭 본업인 대여점은 잘 돌아가
는 모양새다. 나름대로 애쓰고 있다는 걸 모르는 바는 아
니나 자꾸만 시비조가 된다. 안지가 너무도 물러 터져 보
이는 탓이다.

안경을 고쳐 쓰는 안지를 곁눈질로 힐끗 본다. 늘 그렇
듯 구질구질한 모습이다. 잠버릇으로 엉망이 된 부스스한
머리에, 목이 다 늘어진 하얀 티셔츠와 후줄근한 베이지
색 바지, 닳고 닳은 스니커즈 차림이 어리숙하게 보여서
조롱하고 싶은 마음이 굴뚝같다. 꼬락서니 하고는.

그에 비하면 사와카 오빠와 구레하 오빠는 얼마나 멋있는지!

둘 다 이십 대 중반으로 보이는데도 기품에 위엄마저 갖췄다. 그뿐인가. 잘나가는 배우나 아이돌 나부랭이는 명함도 못 내밀 정도로 외모가 빼어나다. 게다가 사와카와 구레하는 각각 흰색과 검은색 차림만을 고집할 만큼 패션 감각이 남달라서 자연스레 사람들의 시선을 끌기도 한다. 이렇게나 멋진 오빠들 틈에서 자랐으니 안지의 시원찮은 외모만 보면 호노카는 콧방귀가 절로 나오고 만다.

"예약이 들어온 것 같은데."

컴퓨터 화면을 들여다보던 안지가 나직이 중얼거렸다.

"뭐, 정말?"

잽싸게 돌아서 카운터 안으로 들어간 호노카는 안지를 밀쳐내다시피 하며 화면을 살폈다.

희망 대여품을 고르는 항목이 화면에 떠 있었다.

"진짜네, '외모'에 체크가 되어 있어."

가게 홈페이지 화면의 대여 목록에서 외모를 체크하면 협력점 사이트로 접속하게끔 되어 있다. 그 사이트의 첫 화면에는 "전혀 다른 사람이 되고 싶다면 '외모'를 대여해 보세요"라는 문구가 떠 있고, 바로 아래에 자세한 설명 없이 예약 안내만 나와 있다.

호노카도 모르는 바는 아니다. 외모 대여라니, 수상쩍어 보이는 게 당연하다. 안지는 별 상관없다는 식이지만.

"시바타 사쓰키, 열일곱 살, 도쿄 손님이네."

어느 틈에 사와카도 호노카의 어깨너머에서 컴퓨터를 들여다보고 있었다. 바짝 다가선 거리에 가슴이 콩닥거리던 그 순간, 호노카는 "크아앙" 하고 소리치며 입고 있던 교복 안쪽으로 미끄러지듯 스르륵 빠져나갔다. 사뿐히 바닥에 착지한 호노카는 더 이상 좀 전의 귀여운 여고생이 아니었다. 본모습인 어린 여우로 돌아온 것이다. 부끄러워 어쩔 줄 모르던 호노카는 꼬리에 고개를 폭 파묻어 버렸다.

"여전히 위태위태하네, 호노카는."

한숨 섞인 목소리로 사와카가 말했다.

맞장구를 치며 구레하와 마토이도 고개를 끄덕인다. 안지는 혼자 진지한 얼굴로 무언가 골똘히 생각하다가 갑자기 허리를 굽히는가 싶더니 호노카의 코앞으로 얼굴을 들이밀며 말했다.

"시바타 씨의 '외모' 대여 건, 호노카가 맡아 볼래?"

◇ ◇ ◇

시바타 사쓰키는 별 기대 없이 예약 항목에 체크를 했다. 도내 빈티지 숍에서는 제멋대로 긴장해버리지만, 어느 정도 지방에 자리한 가게라면 왠지 편안히 구경할 수 있을 것 같단 생각에서였다.

'무엇이든 대여점 변신 가면.'

기타칸토(도쿄도의 북쪽에 접한 이바라키현, 도치기현, 군마현을 가리킴-옮긴이)에 있는 자그마한 동네의 인터넷 사이트를 구경하다가 지역 상점 소개 코너에서 발견한 곳이었다. 가게 이름이 특이하다고 생각했는데, '당사의 대여 상품으로 당신의 일상에 가면을 씌워보지 않으시겠습니까?'라는 뜻이 담긴 모양이다.

주로 자전거나 레저용품, 관혼상제 및 이벤트용 복장

따위를 대여해 주는 듯하지만, 웬일인지 그중에 '외모'라는 품목이 섞여 있었다.

저런 걸 가볍게 빌릴 수 있다면 고생할 일도 없지. 그런 생각을 하다가 무심결에 신청 버튼을 누르고 말았다. 그리하여 급행열차에 버스를 갈아타고 온 사쓰키는, 지금 그 가게 앞에 서 있다.

잘 관리된 느낌의 오래된 주택이다. 이런 분위기의 장소에만 오면 사쓰키는 무턱대고 가슴이 설렌다. 친한 친구들에게는 그런 속내를 한사코 숨겨왔다. 별종으로 찍히기라도 하면 관계가 거북해질 테니까. 무리 안에서 사쓰키의 역할은 '적당히 착한 애'다. 딱히 여기에 불만은 없다. 그저 휴일에 몰래 즐기는 빈티지 숍 나들이를 좀 더 거리낌 없이 만끽할 수 있길 바랄 뿐이다. 수상쩍어 보이는 '외모' 대여에 무심코 솔깃한 것도 분명 그런 이유 때문이었다.

"실례합니다, 시바타란 이름으로 예약했는데요."

미닫이문을 드르륵 열고 접수처로 보이는 카운터 안쪽을 향해 말을 건넸다.

"네, 지금 갑니다!"

곧이어 느긋한 목소리가 들려왔다. 카운터 안쪽에 드리운 주렴을 젖히고 대학생으로 보이는 남자가 모습을 드러냈다. 카운터를 사이에 두고 사쓰키와 마주 보고 섰다.

"점장인 아즈마라고 합니다. 도쿄에서 오셨죠? 먼 길 오시느라 고생하셨겠어요."

"아, 아뇨, 책을 읽으며 왔더니 금방이었어요."

"우와, 스마트폰이 아니라 책을요?"

아차, 정신이 번쩍 든다. 이런 경우엔 '스마트폰을 보며 왔더니 금방이던데요'라고 말해야 했는데. 그만 솔직하게 말해버렸다.

"저도 책 읽는 쪽을 훨씬 좋아해요."

안지는 왠지 신난 듯이 말하며 사쓰키에게 앉기를 권했다.

"이번에 '외모' 대여 예약을 해 주셔서 정말 고맙습니다. 실은 시바타 씨가 첫 예약 손님이에요."

"어머, 그래요?"

"올봄에 가게를 열었거든요. 게다가 말이죠……."

안지는 약간 목소리를 낮추며 말을 이었다.

"협력점 사이트까지는 방문하시더라도 실제로 예약하시는 분은 거의 없거든요."

그럴 수밖에. 사쓰키도 '이 사이트는 장사할 마음이 없나 보네'라고 생각했을 정도니까.

"원하시는 '외모'로 '미소녀'를 골라주셨죠."

맥없이 들리던 안지의 목소리가 갑자기 또렷이 귓가에 닿아서 움찔하고 말았다.

"아…… 그게, 네, 맞아요. '미소녀'의 외모를 잠시, 빌려볼까 싶어서요."

말하고 보니 새삼 부끄러웠다.

예약 페이지를 훑어보니 대여 가능한 '외모'의 예시로 '미소녀'가 있었다. 문득 그럴 수만 있다면 빌리고 싶다고 생각하면서 그렇게 써넣은 건 맞지만…….

물론 그런 걸 대여할 수 있을 리는 없으니 기껏해야 미소녀 스타일의 화장이나 의상 따위를 빌려줄 게 뻔하다. 참 우습지만, '외모 대여'라는 콘셉트 자체가 사람의 이목을 끌기 좋은 방편일 뿐이다. 그런 장난에 진지하게 반응한 자신이 견딜 수 없이 창피하게 느껴졌다.

"저기, 시간이 얼마나 걸릴까요? 화장하고 옷을 갈아입으려면요."

"지금 바로 가능합니다. 기껏해야 1분 정도면 대여 가능하세요."

"…… 외모를, 바로요?"

"네, '미소녀 타입의 외모'를요."

안지는 잠깐 기다려달라고 말한 뒤 카운터 구석을 향해 소리쳤다.

"호노카."

누굴 부르는 걸까. 그때 감탄사가 절로 나올 만큼 굉장한 미소녀가 주렴을 걷고 나왔다.

"호, 호노, 호노카, 입니다. 처, 처, 처음, 뵙겠습니다."

엄청난 미소녀가 독특하게 끊는 말투로 자기소개를 하면서 사쓰키를 향해 인사했다. 자그마한 턱 주변에서 머리카락 끝이 살랑살랑 흔들리는 모습까지도 무척 사랑스러웠다.

"이 직원의 '외모'로 하시겠어요?"

느닷없이 안지가 영문 모를 말을 내뱉었다. 이 직원의 외모라니. 설마 저 미소녀를 말하는 거야? 아무리 천재 메이크업 아티스트라고 한들 밋밋하기 짝이 없는 내 얼굴을 이토록 눈부신 미소녀로 변신시켜줄 수 있을 리가 없잖아!

"말도 안 돼요!"

엉겁결에 사쓰키가 소리쳤다.

"이 '외모'가 마음에 안 드시나요?"

"아뇨, 그런 뜻이 아니라요. 제가 그렇게 예쁜 얼굴이 될 수 있을 턱이……."

안지가 싱긋 웃으며 말했다.

"얼마든지 가능합니다. 오히려 간단해요. 혼을 맞바꾸기만 하면 되니까요."

대체 뭐가 간단하다는 말이지? 사쓰키는 완전히 혼란에 빠져서 머리를 감싸 쥐었다.

그리하여 사쓰키는 미소녀가 되었다.

자초지종은 생략했지만, 어쨌든 변신한 것이다.

두 달 치 용돈에서 그럭저럭 잔돈이 남을 만큼의 금액

으로 빼어난 미소녀가 된 사쓰키는, 지금 역 앞 중앙로를 걷고 있다. 지방치고는 꽤 멋진 거리다. 바로 옆에는 눈에 익은 수수한 얼굴이 착 달라붙어 주뼛주뼛 따르고 있다.

자세한 내막은 사쓰키도 잘 모른다.

"자, 눈을 감고 호노카와 등을 맞댄 채 서주세요."

"그럼 바꿔 넣을게요."

"네, 끝났습니다. 눈을 뜨세요."

이로써 사쓰키는 호노카의 외모로 변신했다. 가엾게도 호노카는 사쓰키가 되어버렸다. 서로 외모가 뒤바뀐 것이다. 그리고 지금 두 사람은 함께 있다.

호노카가 동행하는 것이 대여 계약의 조건이었다. '외모'를 대여하는 동안에는 일정 거리를 유지한 채 옆에 있어야만 한다고 했다. 단독으로 행동하면 원래 모습으로 되돌아오는 모양이다. 조건을 받아들인 사쓰키는 무사히 '외모 대여점 변신 가면(협력점 이름이다)'의 손님 1호가 되었다.

그나저나 아까부터 시선이 뜨거워서 견디기 힘들다. 스

쳐 지나가는 여자들 모두가 자신을 쳐다본다. "저 귀여운 애는 대체 누구야!"라며 노골적으로 떠들어 대는 여자들마저 있다. 세상에. 이 미소녀, 굉장한걸. 엄청나게 쏟아지는 주변 반응에 얼떨떨하면서도 기쁜 마음은 들지 않는다. 그저 어리둥절한 채로 사쓰키는 사와카 씨가 알려준 빈티지 숍이 늘어선 뒷골목으로 들어갔다.

'외모 대여점'의 점원인 사와카 씨는 3초 이상 쳐다보면 그대로 눈이 풀려 버릴 것 같단 생각이 들 만큼 잘생겼다. 수수한 얼굴의 사쓰키에게도 거만하게 굴지 않고 굉장히 신사적으로 대해준 멋진 남자였다.

남자들은 사쓰키처럼 평범하게 생긴 여고생들에게는 별 관심을 보이지 않기 때문에 말을 섞을 일이 별로 없었다. 그러다 보니 기껏 사와카 씨가 친절한 태도로 대해 주었는데도 계속 주뼛거리고 말았다.

도내에 있는 빈티지 숍에서도 여러 번 그런 취급을 받아본 터라, 최근에는 조용히 가게 안을 둘러보고 되도록 점원과 마주치지 않으려고 노력한다.

"아, 여기인가 봐요."

입간판을 발견한 호노카가 넌지시 일러 주었다. 평소 사쓰키의 목소리와 똑같았다. 외모가 뒤바뀌면 목소리도 그대로 따라가나 보다.

"어서 오세요."

가게에 들어서니 젊은 남자의 목소리가 맞아주었다. 역시나 빈티지 숍에서 일할 법한 세련된 차림의 점원이다. 이토록 멋진 가게에 발을 들여놓기에는 지극히 평범한 얼굴인 게 미안해지려던 찰나, 정신이 번쩍 들었다. 맞다, 난 지금 미소녀잖아.

그러니 이번엔 수준 낮은 손님이 왔다며 점원이 불편한 기색을 드러낼 일은 없을 것이다. 확실히 평소와는 다른 눈빛으로 사쓰키를 바라본다. '이렇게 예쁜 애가 여긴 웬일이지?' 하며 놀라는 눈치다. 그런 반응이 어색하기만 한 사쓰키는 황급히 그물 선반에 걸린 원피스를 구경하기 시작했다. 호노카도 신기하다는 듯 물건을 만지작거리고 있다.

새삼 사쓰키는 본래 자기 모습을 뚫어지게 바라봤다. 귀여운 구석이라곤 전혀 없다. 주제도 모르고 굉장히 멋진 빈티지 원피스를 입은 모습이 참으로 딱해 보인다.

힐끔힐끔 이쪽을 쳐다보는 점원의 시선이 느껴졌다. 보나 마나 호노카의 모습을 한 자신 쪽이겠지. 말을 걸어올 때를 대비하여 사쓰키는 가만히 헛기침했다.

"손님, 혹시 그 옷……."

그럼 그렇지, 하며 고개를 들었더니 점원이 호노카에게 말을 걸고 있었다.

"70년대에 생산된 거니삭(gunne sax, 1969년 미국에서 만들어진 패션 브랜드-옮긴이) 제품 맞죠?"

점원이 가리킨 옷은 호노카가 입고 있는 사쓰키의 원피스다.

"70년대요? 그렇게 오랜 세월 소중히 간직해 온 원피스였다니."

호노카는 지극히도 평범한 얼굴과는 어울리지 않게 천진난만하고 명랑한 미소를 지었다.

앗, 그만둬, 호노카! 그런 얼굴로 그렇게 귀여운 듯 웃는 건 주제넘은 짓이라고! 사쓰키가 속으로 안절부절못하고 있는데, 어째선지 살짝 수줍어하는 표정으로 세련된 점원이 말했다.

"손님, 웃으니 인상이 달라 보이시네요. 그 원피스랑 진짜 잘 어울리세요."

말도 안 돼. 사쓰키는 소스라치게 놀랐다. 자기의 외모로 칭찬을 듣고 있는 호노카를 뚫어지게 쳐다봤다. 그저 눈앞에 펼쳐진 상황이 어리둥절할 뿐이다.

점원은 계속해서 호노카에게만 말을 걸었다. 세일러복 차림의 사쓰키에게는 이 말뿐이었다.

"자유롭게 입어 보셔도 됩니다."

누군가에게 이런 상황을 전해 들었다면 절대 믿지 않았을 것이다. 하지만 지금 사쓰키가 직접 눈으로 목격했다. 간절히 꿈꿔온 장면을 경험하고 있는 본인의 모습을. 호노카의 혼이 들어간 자신에게는 이토록 간단한 일이었다니.

지금 사쓰키가 바라보고 있는 저 미소는, 상대방의 무례한 태도에 체념해 본 적이 없는 사람만이 지을 수 있는 표정이었다.

사쓰키는 자신의 얼굴을 한참 동안이나 넋을 잃고 쳐다봤다.

◊ ◊ ◊

카운터에 축 늘어져 엎드려 있던 호노카의 얼굴 바로 옆에 머그잔이 놓였다.

"고생했어."

안지의 목소리에 한숨을 내쉬며 고개를 든다.

호노카는 안지가 꿀을 살짝 넣어 만들어주는 뜨거운 우유를 가장 좋아한다.

"처음 '변신'해 본 소감이 어때?"

"잘 모르겠어."

심술을 부리려는 건 아니다. 정말로 잘 몰라서다. 제대로 해낸 게 맞는지. 어쨌든 사람의 모습으로 둔갑한 채 거리를 활보한 일 자체가 몇 년 만이었으니까.

"손님은 만족하신 눈치던데."

"진짜?"

카운터 안쪽에서 컴퓨터를 들여다보고 있던 안지는, 호노카가 볼 수 있게 모니터 방향을 바꿔주었다. '외모' 대여 손님 1호인 사쓰키에게서 온 메시지가 화면에 떠 있었다.

오늘 '외모'를 대여했던 사람입니다. 미소녀 체험은 꽤 즐거웠지만, 사실 저와는 잘 맞지 않았던 것 같아요. 죄송합니다. 하지만 외모라는 게 사실은 얼굴 생김새만을 뜻하는 게 아니라는 걸 알게 되어 기뻤습니다. 흔히 어른들이 이런 말을 하잖아요. 중요한 건 얼굴만이 아니라고. 그 말에 수긍이 가지 않았는데, 제 모습을 한 호노카 양의 웃는 얼굴이 예뻐 보였습니다.

아무리 얼굴이 평범해져도 미소녀인 건 변함이 없었어요. 저도 그런 표정으로 웃을 수 있는 사람이 되고 싶다고 생각했습니다. 우선, 겉모습만 보고 노골적으로 태도를 달리하는 사람은 딱 그 정도 수준인 것으로 여기며 무시하기로 했어요. 언젠가 호노카 양처럼 웃을 수 있는 날이 오면, 그때 갔던 가게에 다시 가볼 생각입니다. 오늘 진심으로 감사했습니다.

"고마운 쪽은 오히려 난데."

호노카는 자기도 모르게 눈물을 글썽였다.

변신 여우로 살아온 지 몇십 년밖에 되지 않은 어린 여우인 탓에 호노카의 요력은 불안정하다. 요력이 떨어진다는 건 변신 여우에게 죽음을 뜻한다. 당장이라도 사그라질 듯한 촛불 같은 호노카의 요력을, 바람에도 끄떡하지 않는 횃불로 키우려면 오로지 둔갑을 거듭하며 요력을 기르는 수밖에 없다.

옛날에는 얼마든지 인간들을 속이는 일이 가능했지만, 이제 세상이 바뀌었다. 인간들이 사는 곳에 어둠이 사라지면서, 오며 가며 가볍게 인간으로 '둔갑'하곤 했던 시대는 막을 내렸다.

"어쨌든 안지가 생각해 낸 방법 덕분에 우리도 안정적으로 '둔갑'할 수 있게 됐군."

밖에서 토방으로 들여온 대여용 자전거를 손질하고 있던 구레하가 만족스러운 표정으로 말했다.

"다음엔 '십 대 남자의 외모'를 대여하는 손님이 왔으면 좋겠는데."

세탁소에서 찾아온 파티용 드레스를 유리 진열장 안에 정리하면서 사와카가 대꾸했다.

"마토이의 요력도 부쩍 약해졌으니까."

안지의 무릎 위에서 두 사람의 대화를 듣고 있던 마토이는 흥분한 듯 코를 킁킁거렸다. 호노카가 외모 대여 업무를 수행하고 있을 때 어린 여우의 모습으로 되돌아간 모양이었다.

아무래도 요력이 약해졌을 때는 여우의 모습으로 있는 쪽이 편하다. 인간의 모습을 유지하는 일은 의외로 까다롭기 때문이다. 너무 흥분해서도 안 되고 또 무기력해져도 안 된다. 그렇다고 둔갑을 멈추면 변신 여우는 살아갈 수 없다.

그래서 안지는 여우들이 사람으로 둔갑해 인간 세상에서 돌아다닐 수 있도록 '외모 대여점 변신 가면'을 열었다. 생전에 만난 적도 없던 할아버지에게서 넘겨받은 변신 여우들을 위해.

"있잖아, 안지."

"왜? 호노카."

"만난 적도 없는 할아버지의 부탁 같은 건 왜 들어준 거야? 사와카랑 구레하가 제멋대로 데리러 온 거지? 할아버지가 안지를 보고 싶어 한다는 식으로 말하면서 말이야. 황당하지 않았어?"

"그런 생각한 적 없는데."

타닥타닥 키보드를 두드리면서 안지는 대답했다.

"만나보고 싶기도 했고."

"어째서?"

"우리 집에 할아버지 사진이 있었거든. 굉장히 근사한
분이었지."

알고 있다. 소노지는 멋있었다. 새하얀 백발도, 고목 같
은 팔도, 중저음의 목소리도, 오랜 숲과 같은 분위기를 자
아내던 모습도.

나이 차가 많이 났던 소노지의 아내는 젊어서 세상을
떠났다. 아내의 친척에게 맡긴 아이는 도쿄에서 자랐는데
바로 안지의 엄마였다.

"할아버지 옆에 살고 싶은 마음에 대학도 일부러 이 근
처로 선택한 거야."

대학에 입학하면서 혼자 살기 시작한 아파트로 사와카
와 구레하가 안지를 데리러 왔을 때, 소노지는 이미 목숨
이 위태로운 상태였다. 머리맡에 앉은 손자 안지에게 소

노지가 의식을 치르던 때의 광경은 호노카도 잘 기억하고 있다. 소노지의 입 속에서 튀어나온 '여우'를 입으로 뻐끔 받아들여 봉인한 순간부터 안지는 변신 여우들의 새로운 주인이 되었다.

제아무리 할아버지라고는 하나, 전혀 만난 적도 없는 사람을 위해 선뜻 그런 일이 가능한 걸까. 호노카는 키보드를 두드리고 있는 안지를 물끄러미 바라봤다. 시바타 씨가 메일에 썼듯 얼굴만이 외모의 전부가 아니라면, 정체를 알 수 없는 '여우'를 흔쾌히 받아준 안지는 의외로 멋진 사람인지도 모른다.

'우릴 위해 노력해 주는 면도 있으니까 이제 새침하게 구는 짓은 그만두자.'

그런 생각을 하던 찰나, 안지가 불쑥 말을 걸었다.

"호노카, 무슨 말 했어?"

"아무 말도 안 했어!"

아차, 싶었지만 이미 늦었다. 습관처럼 톡 쏘아붙이고 난 뒤였다.

대여 계약 ②

오타 마코토

남, 32세

전혀 다른 사람이 되고 싶다면, '외모'를 대여해 보세요.

처음에는 얕잡아봤다. 비실비실하고 맹한 데다 안경 쓴 모습이라니.

쌍둥이 여동생은 노골적으로 무시하는 태도를 보였지만 마토이는 그런 티를 내지 않았다. 그저 속으로만 못마땅하게 생각하고 있었을 뿐.

"마토이, 벌써 일어났어?"

얼마 전까지만 해도 얕잡아봤던 안지가 싱크대 앞에서 말을 걸어왔다. 오늘도 여우들을 위해 아침밥을 짓고 있던 모양이다.

"호노카는? 아직 자?"

"일어났어, 저쪽에."

안지가 눈짓으로 가리킨 거실의 소파 위에 여동생 호노카가 어린 여우인 채로 오도카니 앉아 있었다.

"왜 그 상태야?"

주방을 가로질러 거실로 향하며 물었다.

"왠지 오늘은 몸이 나른해서."

어린 여우의 모습을 한 호노카가 부드럽게 기지개를 켰다. 툇마루 쪽에서 들어오는 아침 햇살에 황금색 털이 반짝인다. 귀찮아서 목소리만 둔갑한 상태다.

"사와카랑 구레하는?"

"사와카는 다카다 할머니의 운전기사 노릇하러 출근했어. 구레하는 야마시타 할아버지가 대여한 컴퓨터의 조작법을 모르겠다고 하셔서 거기 갔고."

안지가 올봄부터 막 문을 연 대여점은 실질적으로 사와카와 구레하의 주도로 굴러가고 있다. 대학교 공부가 바쁜 안지는 틈틈이 가게에 나오는 형편이다.

"아 참, 마토이. 오늘 '외모' 대여 예약이 들어왔더라."

"진짜? 언제 들어온 건데?"

"어젯밤 늦게. 이번 예약 건은 마토이한테 맡겨 볼까 하는데."

"손님이 바라는 '외모'가 나랑 맞아?"

어째선지 안지는 머뭇거리는 눈치다.

"안지?"

"…… 음, 글쎄, 어떻게 보면 그런 것 같기도 하고."

어정쩡한 대답을 마뜩잖게 여기던 사이, 거실을 통해 출입이 가능한 가게 쪽에서 문 열리는 소리가 들렸다.

"안지, 안에 있니?"

근처에 사는 마키하라 씨의 목소리다. 마음씨 좋은 아주머니로, 밭에서 따온 채소나 잔뜩 만든 반찬 같은 것을 늘 나눠준다.

"된장국만 푸면 되니까 알아서들 먹어."

그렇게 말한 뒤 안지는 허둥지둥 가림막 역할을 하는 주렴을 젖히고 가게 쪽으로 나가버렸다.

마토이와 호노카는 주말 위주로 대여점의 업무를 맡는다. 컨디션에 따라 주중에도 가게에 나가는 경우가 있지만, 나머지 날에는 둔갑도 하지 않은 채 어린 여우의 모습으로 자유롭게 지낸다. 그런 식으로 요력을 아끼지 않으면 곧 진이 빠지기 때문이다.

살림집 겸용인 가게 건물 뒤편으로 잡목림이 우거져 있는데, 그곳을 벗어나면 바로 산인 데다 주위는 논으로 둘러싸여 있다. 어린 여우 한 마리가 어슬렁거려 봤자 그다지 눈에 띄지도 않는다. 오히려 사람의 모습으로 둔갑해 있을 때가 문제다. 주목받기 쉬우니까.

"앗, 있다! 저쪽이야!"

"우와, 진짜잖아!"

"목격 정보를 믿길 잘했네."

자전거를 타고 편의점에 온 마토이는, 컵라면 선반 앞에서 잔뜩 얼어 있었다. 선반 뒤쪽에서 마토이의 모습과 같은 나이대로 보이는 여학생 무리가, 속삭이려는 의도와 달리 빤히 다 들릴만한 목청으로 꺅꺅거리고 있었기 때문이다.

왜 그런지 교복을 입은 여자애들은 인간의 모습을 한 마토이를 유별나게 좋아한다. 누군가 마토이의 모습을 거리에서 발견하면, SNS라 부르는 정보공유시스템을 이용해서 곧장 그 장소를 공유하곤 했다. 안지의 말에 따르면 변신 여우들의 외모가 뛰어난 탓이라나.

인간으로 둔갑한 자신과 호노카의 모습이, 같은 나이대의 이성에겐 거부할 수 없을 만큼 매혹적으로 보이는 모양이다.

하지만 진짜 모습은 여우잖아.

그런 생각을 하면 마토이는 왠지 두려워진다. 여우라고 해도 아름다운 걸 좋아하기는 매한가지인 데다, 상대에게 멋지단 말을 들으면 역시 기쁘다. 다만, 마토이가 아름답다고 느끼는 것들은 뿅 하고 다른 모습으로 둔갑해버리진 않는다.

만약 마토이가 여자애들 앞에서 어린 여우의 모습으로 되돌아가 버린다면 과연 그들은 어떤 식으로 반응할까. 그런 생각을 했더니 마토이는 여자애들의 무조건적 호의가 너무도 두렵게 느껴졌다.

◊ ◊ ◊

결국 와버렸군.

오래된 가옥을 분위기 좋은 카페로 개축한 듯한 건물 앞에서, 오타 마코토는 멍하니 서 있었다.

설마 자신에게 이런 용기가 있을 줄이야. 여전히 어안이 벙벙한 상태다.

우연히 인터넷에서 발견한 '무엇이든 대여점 변신 가면'에는 협력점 사이트가 있었는데, 그쪽에서 '외모'를 대여할 수 있다는 걸 알게 되었다. 그 순간 열에 들뜬 사람처럼 자판을 두드리고 있었다.

'여장을 소화할 수 있는 외모'를 대여하고 싶습니다.

이 문을 열고 가게 안으로 들어가는 순간, 자신은 여장에 관심이 많은 남자 취급을 받게 될 것이다. 마코토는 그 상황이 벌써 두려워졌다. 한 번도 그런 시선을 받아본 적이 없었기 때문이다. 애당초 본인의 외모가 남에게 어떻게 보이는지는 잘 알고 있었다.

"오타 씨는 곰 같아."

미팅 자리에 나가면 가장 먼저 듣는 말 가운데 하나다. 여자들이 말하는 곰 같아 보인다는 감상은, 멋있진 않아도 듬직한 타입이라는 의미인 듯하다. 그 덕분에 관심을 한 몸에 받는 경우도 많다. 사회에 나온 뒤, 이 외모 때문에 손해를 봤다고 생각한 적은 거의 없다.

물론 사춘기 시절에는 이런저런 고민도 있었다. 수염이 좀 연했으면 좋겠다거나, 좀 더 체형이 호리호리했으면 좋겠다거나. 그런데 사회에 나오자마자 기준이 바뀌었다. 일솜씨가 좋거나 사람들과 대화만 잘 통하면 얼마든지 인정받을 수 있다는 걸 똑똑히 알았기 때문이다.

다시 각오를 다진 뒤 문손잡이로 손을 뻗으려던 찰나, 제멋대로 문이 움직였다. 문 맞은편에서 슬쩍 보인 얼굴은, 순간 여자애로 착각할 만큼 귀여운 외모의 고등학생 남자애였다. 마코토의 얼굴을 보더니 놀란 듯한 표정을 짓고 있다. 마코토는 정신이 번쩍 들었다. 여장하러 온 녀석이 바로 자신이란 걸 눈치채기라도 한 건가. 그런 생각이 들자 얼굴이 화르르 달아올랐다.

"예약하신 오타 씨인가요?"

남자애가 생긋 웃으며 말을 걸었다.

"아, 네, 맞습니다!"

"좀처럼 안 들어오시길래 무슨 일인가 싶어 나와봤어요."

현관 앞에 멀뚱히 서 있는 모습을 유리문 너머로 본 모양이다.

"죄송합니다, 조금 마음을 가다듬느라……."

열린 문 안쪽에서 누군가의 목소리가 들린다.

"오타 씨가 맞아?"

"응!"

남자애는 그렇게 대답하면서 마코토를 향해 휙휙 손짓했다. 안으로 들어오라는 뜻인 듯했다. 얼굴이 예쁘장해서일까. 조금 버릇없어 보이는 그 태도가 이상하게 거슬리지 않았다. 마코토는 토방으로 된 공간에 고분고분 발을 내디뎠다.

"어서 오세요. 이렇게 예약해 주셔서 감사합니다."

통나무로 된 카운터 맞은편에서, 유순해 보이는 남자가 꾸뻑 고개를 숙인다.

"아, 안녕하세요. 오타입니다."

"점장 아즈마라고 합니다."

서로 굽신거리며 카운터를 사이에 둔 채 마주하고 섰다.

"그럼, 바로 오늘의 대여 계약 내용을 확인해드리겠습니다."

처음에 맞아주었던 남자애가 컴퓨터를 만지작거리는 안지 옆에 나란히 섰다. 스탠드칼라의 학생복이 잘 어울렸다.

"'여장을 소화할 수 있는 외모'를 희망하신다고 하셨는데요, 그밖에 더 추가하고 싶은 사항이 있으신가요?"

"딱히 없습니다."

"그럼, 이 직원의 '외모'로 하시겠어요?"

그렇게 말하면서 안지가 옆에 서 있는 남자애에게 눈짓을 보냈다.

"마토이라고 합니다."

남자애가 꾸벅 인사했다.

"아, 네…… 그게, 이쪽의…… 그, 마토이 군의 외모를 빌려준다는 말씀이신지."

"싫지 않으시다면요."

"아뇨, 그럴 리가요, 마토이 군의 외모에는 아무런 문제도 없……, 뭐라고요? 어떻게 마토이 군의 외모를 빌려주신다는 거죠?"

"아차, 깜빡했네요."

혼란스러워하는 마코토에게 안지가 쾌활하게 말했다.

"먼저 여장을 한 다음에 대여하는 게 편하시겠죠?"

마코토는 생각했다. 아니, 내 말은 그게 아니잖아.

아무리 미소년이어도 여장한 티가 나는 건 어쩔 수 없군……

마토이의 '외모'를 대여한 마코토의 첫인상은 이랬다.

마토이는 참 잘생겼다. 우수 어린 커다란 눈과 오뚝한 콧날, 엷은 빛깔의 자그마한 입술과 가냘픈 턱. 예쁘장한 그 얼굴을 보면, 흔히 말하듯 어머니가 굉장한 미인일 거라는 생각이 자연스레 떠오를 정도다. 게다가 성장기라 그런지 체형이 호리호리해서 허리둘레만 해도 마코토의 허벅지 굵기와 별반 다를 바 없어 보인다.

그런데도 마코토가 준비해 온 의상(어깨까지 오는 긴 단발머리 가발에, 연분홍 블라우스와 하얀색 주름치마, 베이지색 쇼트 부츠)을 몸에 두른 그 모습에서는 어쩐지 위화감이 느껴졌다.

"마토이 군처럼 잘생겨도 별수 없는 건가."

마코토가 무심코 내뱉은 혼잣말에, 옆에 있던 마토이가 즉각 반응을 보였다.

"성에 안 찬다는 뜻인가요?"

가까이 내민 그 얼굴이, 마코토에게도 곰처럼 보인다.

"응? 아, 아냐, 내 말은 그런 뜻이 아니라…….""

"기대한 만큼은 아니라는 거죠?"

어떻게 설명해야 좋을까, 이 위화감을. 현재 자신이 어떻게든 극복하고 싶은 것이 바로 이 위화감이란 걸 마코토는 잘 알고 있었다. 그런데도 도저히 불가능했기에 큰맘 먹고 대여를 해 본 것이다. '여장을 소화할 수 있는 외모'를.

몸소 여장을 체험해보고 싶었다. 송별회 장기자랑에나 어울릴법한 본인의 외모가 아니라 여장이 잘 어울릴만한 얼굴과 몸으로.

"뭐, 오타 씨가 괜찮다면 다행이지만……. 근데 누구랑 만나기로 한 거예요?"

"응, 그게, 미키 씨라는 여자."

"여장 차림을 하고 여자를 만난다고요?"

마토이가 잘 이해가 가지 않는다는 듯한 표정을 짓고 있다. 당황한 마코토가 보충 설명을 덧붙였다.

"어느 영화감독을 좋아하는 사람들끼리 만나는 모임이 있는데, 거기에서 알게 된 사람이야. 실제 만나는 건 이번이 처음인데, 실은 내가 남자란 사실을 아직 말하지 못했거든."

"흐음, 그랬군요. 그럼 오타 씨의 모습을 한 저는 뭘 어떻게 하면 되죠?"

"일정한 거리만 유지한다면 바짝 붙어 있을 필요는 없는 거지? 그렇다면 모르는 사람인 척해 주면 돼."

어찌 된 영문인지는 모르지만 눈을 감은 채 점장 안지의 주문 비슷한 말을 듣자마자 마코토는 마토이로, 마토이는 마코토로 바뀌어 있었다. 일정 거리를 유지한 채 행동을 같이하는 것이 계약조건 중 하나였기 때문에, 현재 마토이와 함께 처음 만나는 여자와의 약속 장소로 향하고 있다.

역 앞에 자리한 대형서점 앞에서 그 여자로 보이는 사람을 발견했다. 가로줄 무늬 상의에 트렌치코트를 걸치고 검은 테 안경을 쓴 모습. 미키 씨였다. 마코토는 어기적어기적 가까이 다가갔다.

"혹시 미키 씨 맞으세요?"

어김없는 미소년의 음성. 그러나 여자 목소리는 아니다.

"네? 아…… 그런…… 데요…….."

안경 렌즈 속 눈에서 당황한 기색이 엿보였다. 이 애, 어딘가 이상하잖아. 분명 여자라고 했는데.

가슴이 꽉 쥐어드는 느낌이었다.

"마코토입니다."

"아…… 잠깐 실례할게요."

어째선지 미키 씨는 갑자기 코트 주머니에서 스마트폰을 꺼내 입가에 가까이 가져갔다. 그러더니 마코토에게서 등을 돌리고 그대로 걸어가 버렸다. 어리둥절해하는 사이, 순식간에 여자의 뒷모습은 멀어져 갔다.

전화받는 척하면서 가 버린 건가. 상황을 파악한 순간, 마코토는 다리 힘이 풀려 버렸다.

"앗, 조심…… 괜찮으세요? 오타 씨."

주저앉으려던 찰나, 마토이가 다급히 뛰어와 손으로 몸

을 부축해 주었다. 바짝 다가온 그 얼굴이 영락없이 곰 같다. 씩씩거리며 마토이가 말했다.

"뭐야, 저 여자."

마코토는 크게 심호흡을 했다.

"그럴 만도 하지. 속인 채 만나려 했으니까."

"여장한다는 걸요?"

마토이의 팔에 안긴 채 고개를 끄덕였다. 바로 옆을 지나가던 중년 여성이 미심쩍은 얼굴로 쳐다봤다. 미성년자로 보이는 여장을 한 소년과 서른 남짓의 남자가 노골적으로 몸을 바짝 맞대고 있으니 수상해 보이는 게 당연했다.

"세상이 그리 각박하지만은 않길 바랐는데……."

점점 시야가 흐려졌다.

"그 녀석…… 이런 시선들을 용케 견뎌 왔다니."

◊ ◊ ◊

마토이는 자기 모습을 한 채 눈물을 흘리는 마코토를

데리고 가게로 돌아왔다.

인사를 하다 말고 안지가 놀란 표정으로 카운터 안쪽에서 뛰어나왔다. 눈으로 무슨 일인지 묻고 있지만 제대로 설명하기가 힘들었다.

곧장 안지는 마토이와 마코토의 몸을 본래대로 되돌려 놓았다. 단 몇 초 만에 마토이는 원래의 고등학생 남자애 모습으로 돌아왔지만, 여전히 여장을 한 채였기 때문에 일단 가발부터 벗었다.

안지는 마코토를 주거 공간인 거실로 안내했다. 소파에 나란히 앉아 있던 사와카와 구레하가 놀란 표정을 지었다. 발밑에는 어린 여우의 모습인 호노카가 있었다.

"갑자기 미안. 진정될 때까지 여기에서 쉬게 해드리려고."

안지가 마코토를 소파에 앉히자, 교대하듯 사와카가 자리에서 일어섰다. 차를 내올 모양이었다.

완만한 U자 모양을 한 소파는 꽤 널찍해서 일고여덟 명은 거뜬히 앉을 수 있다. 재활용 센터에서 싸게 들여온 물건이었다. U의 중간 부분에는 구레하와 호노카가 차지하고 있었기 때문에 마코토와 마토이는 그 근처쯤에 앉았다. 안지는 반대편으로 돌아서 마토이와 마주 보고 앉았다. 여전히 마코토는 수건 재질로 된 손수건으로 양쪽 눈을 누르고 있었다.

"손수건이 귀엽네요."

안지가 부드러운 투로 말을 걸자, 그제야 마코토는 손수건을 내리고 고마운 듯한 표정으로 "남동생에게 받은 선물이에요" 하고 대답했다.

"남동생과는 나이 차가 꽤 나요. 저보다 열두 살이나 아래인데, 솔직하고 착한 아이예요. 기대하지도 않았던 국립대학에 턱 하니 합격했으니, 부모님이나 제게는 자랑스러운 남동생이었죠."

마코토는 말을 이어갔다. 어느 날 자취를 하던 남동생이 만나자고 불러내더니, 형에게만은 털어놓고 싶다면서 여장을 하기 시작했다고 고백했다. 여자가 되고 싶어서가 아니라, 그저 여장하는 남자로 살아가고 싶을 뿐이라는 동생의 설명을 듣고 그는 무척이나 혼란스러웠다고 말했다.

"…… 당시에 뭘 어떻게 대답했는지 전혀 기억이 안 나요. 다시 연락하겠단 말만 하고서 도망치듯 집으로 와버린 것 말고는."

"그럼, 오타 씨가 여장을 하고 싶었던 건 아니었군요."

마토이의 질문에 마코토는 고개를 끄덕였다.

"불행히도 제가 아니에요. 앞으로 아까와 같은 상황을 겪을지도 모를 사람은."

"무슨 일 있었어?"

안지의 물음에 마토이는 좀 전의 일을 설명했다. 어느새 돌아온 사와카가 마토이의 옆에 앉으며 두 사람 몫의 홍차를 탁자 위에 올려놓았다.

마토이가 이야기를 끝내자, 안지가 이해했다는 듯 고개를 끄덕였다. 이어서 마코토가 입을 열었다.

"옛날보다는 훨씬 성의 다양성을 받아들이는 분위기라고 생각해요. 그래서 내심 기대도 했죠. 내가 너무 걱정이 많은 건지도 모른다고. 마토이 군만큼은 아니지만, 동생은 꽤 귀엽게 생겼거든요. 그러니 여장도 잘 어울릴 거예요. 그래도 걱정이 돼요. 이상한 사람 취급을 받진 않을까

하는 생각에……."

"성의 다양성?"

마토이가 고개를 갸웃거리자 사와카가 귓속말로 소곤
댔다.

"나중에 설명해 줄게."

아직 배우지 않은 인간 세상의 규칙 중 하나인 모양이다.

그나저나 역시 어쩔 수 없는 건가. 마토이는 생각에 잠
겼다. 아무리 여자의 모습을 하고 있어도 그 정체가 남자
라는 이유만으로 시선을 달리하는 인간이 있는 모양이다.
그렇다면 외모는 고등학생 남자애면서 정체는 둔갑한 변
신 여우인 경우는 어떨까. 그런 생각을 하고 있는데 늘 그
렇듯 태평한 안지의 목소리가 들려왔다.

"동생분은 이미 알고 있을 것 같은데요."

"네?"

홍차 잔을 잡으려던 마코토가 고개를 들었다. 생글거리
면서 안지가 말을 이었다.

"이미 알면서도 그러기로 마음을 먹은 거겠죠. 그래도
형에게만큼은 털어놓았잖아요. 게다가 그 형은 일부러 외

모를 대여까지 해가며 동생의 기분을 직접 경험해 보려고 했으니까……. 끄떡없을 거예요, 동생분은."

"정말 그럴까요?"

"당연하죠! 오타 씨가 이렇게나 온 힘을 다해 동생분을 이해해 주려고 애쓰고 있잖아요. 그런 존재가 딱 한 사람만 있어도 힘이 되니까요, 그 상황에선."

조금이나마 안심한 얼굴로 돌아가는 마코토를 배웅하고 난 뒤 마토이는 사와카에게 '성의 다양성'에 대해 배웠다. 대강 이해는 한 눈치다.

저녁 식사를 준비하는 안지의 마른 등을 문득 바라본다. 소노지가 없는 지금, 겉모습과 본모습이 전혀 다른 마토이를 제대로 알고 있는 단 하나뿐인 인간의 등이다. 듬직한 맛이라곤 없는데도 왠지 믿음직스럽게 느껴진다. 참 이상한 등이라고 생각하며 마토이는 슬며시 웃었다.

대여 계약 ③

오노 데쓰야

남, 16세

전혀 다른 사람이 되고 싶다면, '외모'를 대여해 보세요.

괜스레 소노지가 그리울 때가 있다.

오랜 시간 변신 여우로 살아온 나날 가운데, 지금까지도 소노지와 지낸 수십 년의 세월만큼 행복했던 때는 없었다고 생각한다.

안지가 싸준 도시락을 먹으며 구레하는 느긋한 성격을 고스란히 그려놓은 듯한 그 얼굴을 떠올려 보았다. 예리하게 날이 선 칼과 같은 구석이 있던 소노지와는 조금도 닮지 않은 얼굴이다. 정말 피를 나눈 손자가 맞는 건지 의심한 적마저 있지만 안지는 틀림없는 소노지의 손자다. 혈연관계가 아니라면 '여우'를 받아들일 수 있을 리 없으니까.

"어이, 구레하, 슬슬 작업을 시작하자고."

"네."

퍼뜩 정신을 차린다.

정원 손질에 필요한 대형 접이사다리를 전해 주러 왔을 뿐인데 가지치기 작업의 보조까지 떠맡게 되었다. 저

느긋하기 짝이 없는 철부지가 무턱대고, "부탁할 일이 있으시면 뭐든 말씀해 주세요!"라고 지껄인 탓이다.

지금도 구레하의 가슴속에는 인간을 완전히 믿지 못하는 마음이 남아 있다. 옛날처럼 마을에서 벗어나 살 수 있다면……. 방심하는 순간 그런 생각이 둥실 떠오르고 만다.

하지만.

"이거 원, 높은 쪽은 힘들어서 말이야. 덕분에 살았네. 고맙구먼, 구레하."

세월이 쌓인 쪼글쪼글한 얼굴로 진솔하게 말을 건네오는 것만으로, 머릿속에 긴 안개도 말끔히 걷히고 만다. 나도 꽤 단순해졌군. 구레하는 무심코 터져 나오려는 웃음을 억지로 참았다.

"저쪽에 튀어나온 부분이요?"

"그래, 거기. 손질해 줄 수 있겠나? 흔들리지 않게 밑에서 사다리를 잡고 있겠네."

문득 사와카 생각이 났다. 그 녀석은 어떤 마음일까.

소노지를 배신한 인간의 집에 망설임 없이 불을 지른

사와카의 옆얼굴을 떠올린다. 새빨갛게 불타오르던 불길을 보는 그 얼굴에는 인간에 대한 증오만이 끈질기게 들러붙어 있었다.

지금도 구레하는 꿈에서 그 얼굴을 볼 때가 있다.

가게에 돌아오니 손님이 있었다.

교복을 입은 십 대 중반의 소년이다. 현관에 등을 돌린 채 카운터 앞에 우두커니 서 있었다.

카운터 안쪽에 있던 사와카는 뭔가 곤란한 듯 가슴 앞으로 팔짱을 낀 채였다.

"무슨 문제라도 있어?"

말을 걸며 카운터 안쪽으로 들어갔다. 손님인 소년의 얼굴에 흘끗 눈길을 주었다. 자그맣지만 유독 검은자위가 큰 눈이 잉꼬를 연상시켰다. 닮았다. 한때 소노지를 배신했던 인간의 얼굴과…….

"지금 예약하고 싶다는데."

구레하가 어느 쪽 예약이냐고 눈짓으로 묻자, 사와카도 '저쪽'이라며 눈짓으로 대답했다.

"죄송합니다만, 협력점의 예약은 온라인에서만 받고 있어서요."

"특별히 그렇게 하는 이유가 있나요?"

소심해 보이는 얼굴인데도 의외로 강단이 있다. 차라리 거절하고 싶지만, 안지에게 물어보지도 않고 손님을 마음 대로 가려 받을 수도 없었다. 사와카를 대신해 구레하가 대답했다.

"점장님 스케줄에 맞춰야 해서요. 협력점의 대여에 관련된 업무는 모두 점장님 담당이랍니다."

"점장님이 아니면 대여가 안 된다는 건가요? 그……'외모'를요."

"그렇습니다."

여우술사의 피를 이어받은 안지는, 그가 부리는 변신 여우의 요력을 자기 몸 안으로 흡수하는 능력을 지녔다. 그 요력을 써서 '혼을 바꿔치기'하여 '외모'를 대여해 주는 것이다. 구레하 같은 둔갑 여우들은 스스로 '혼을 바꿔치기'할 수 없다. 오직 여우술사만이 가능하다.

"알겠어요. 올 때까지 기다릴게요. 무슨 일이 있어도 오늘 꼭 대여하고 싶거든요."

그렇게 말한 뒤 스툴에 앉은 소년을 구례하는 몰래 관찰했다. 역시 닮았어. 처음에는 그 남자도 이 아이만큼 어른스러워 보여서 해가 될 것 같지 않은 인상이었다. 인간으로 둔갑해 있는 터라 매끄러운 상태의 피부 위로, 눈에는 보이지 않는 털이 곤두선 듯한 감각에 휩싸인다.

불쑥 그날의 안지 얼굴이 떠오른다.

"함께 가줄래."

현관문을 열자마자 낯선 남자들에게 느닷없는 말을 들은 안지는 어리둥절한 표정이었다.

"네가 필요해. 소노지가 기다리고 있어."

턱없이 부족한 설명을 듣고도 안지는 곧장 안색을 바꾸며 말했다.

"갈게요."

당시 안지의 얼굴은 소노지와 무척 닮아 보였다. 그 순간 결심했다. 이 새로운 주인에게 해를 끼치는 자가 나타난다면 이번에야말로 망설임 없이 목을 물어뜯어 버리겠다고.

정신을 차리고 보니 구레하는 소년의 하얀 목을 빤히 바라보고 있었다. 가느다랗고 아직은 어린아이다운 반들 반들한 목이었다.

◊ ◊ ◊

"으아, 늦어서 진짜 미안!"

웬 아저씨가 들어오나 싶었는데 대학생쯤으로 보이는 우중충한 남자가 나타나더니 카운터 안쪽으로 돌아서 들어갔다.

오노 데쓰야는 고개를 꾸벅 숙여 인사한 뒤, 숨 가빠하는 남자를 유심히 살펴봤다. 잠버릇인지 일부러 연출한 건지 전체적으로 머리가 부스스했고, 입고 있는 줄무늬 셔츠도 목이 다 늘어졌다. 아무리 봐도 처음에 응대해 준 직원이나 나중에 온 검은색 옷차림의 직원 쪽이 제대로 된 어른으로 보였다. 게다가 둘 다 스타일이 굉장히 세련 돼서 이런 곳에서 일하기엔 아까울 정도였다.

"기다리시게 해서 죄송합니다. 연락받았던 점장 아즈

마입니다. '외모' 대여를 원하신다고 들었습니다만."

"아, 네. '멋진 남자 어른의 외모'를 빌리고 싶어요."

"그러시군요. 알겠습니다. 저기, 요금 부분은 사이트에서 확인하신 건가요?"

물론이다. 데쓰야는 까딱 고개를 끄덕였다. 사이트에 적힌 설명은 암기할 만큼 여러 번 읽었고 저금해둔 세뱃돈도 정확히 출금해서 챙겨왔다.

"그럼, 이쪽의 '외모'로 하시는 게 어떠세요?"

그렇게 말하며 검은 옷차림의 직원 쪽으로 점장이 시선을 보냈다. 이끌리듯 데쓰야도 그 얼굴을 쳐다봤다. 눈꼬리가 길게 째진 인상적인 눈이 지그시 이쪽을 바라보고 있다. 당황해서 시선을 돌렸다. 애초에 이런 느낌의 외모를 원했기 때문에 문제 될 건 없다. 데쓰야가 동의하자, 점장이 생글거리며 "그럼 진행하도록 하겠습니다"라고 말하면서 카운터 안쪽에서 나왔다.

떠밀리듯 검은 옷차림의 직원과 서로 등을 맞대고 섰다. 시키는 대로 눈을 감으니 주문 같은 말을 읊조리는 소리가 들려왔다. "이제 됐습니다"라는 말과 함께 가볍게 어깨를 두드리길래 눈을 떴다. 어느새 눈앞에 전신 거울이 놓여 있었다. 방금까지 등을 맞대고 서 있던 상대의 모습이 거울에 비친다. 그 옆에는 익숙한 본인의 얼굴이 있다. 흰자위가 적고 자그마한, 매력이라곤 전혀 없는 평범한 눈. 거울 너머로 그 눈과 시선이 마주쳤다.

엉겁결에 소리를 지를 뻔했다.

목적지인 역 앞 패스트푸드점을 향해 발걸음을 서둘렀다. 이 시간이면 분명 그 애들이 있을 것이다. 늘 그렇듯 시끄럽게 떠들어 대면서.

지금은 데쓰야의 모습을 한, 구레하라고 부르는 '외모 대여점'의 직원이 곧장 뒤따라오고 있다. '외모를 대여하는 동안은 이 직원과 행동을 함께해야 한다.' 그게 계약조건 중 하나였으므로 어쩔 수 없이 받아들였다.

그나저나 대체 무슨 수로 그들의 외모가 뒤바뀐 걸까. 데쓰야는 영문을 알 수 없었다. 하지만 신기하게도 그다지 신경은 쓰이지 않았다. 지금은 그저 빨리 그 애들의 얼굴을 보고 싶을 뿐이다. 이 외모를 본다면 어떤 반응을 보일까.

"쟤, 왠지 기분 나쁘지 않아?"

"그러게. 힐끔힐끔 이쪽을 쳐다보네."

"뭔가 불만이라도 있나 봐."

"저번에도 있었잖아, 시끄러우니까 조금만 조용히 해 달라고 말하러 온 아줌마."

"기억나. 보란 듯이 무시해줬지."

"멋진 사람이 하는 말이라면 들어줄 생각은 있는데."

"얌전히 받아들여야지, 그런 경우라면."

데쓰야는 좁아터진 학원 자습실 대신, 역 앞 패스트푸드점에서 예습한 뒤 학원에 가곤 했다. 그 시간대에 언젠가부터 나타나기 시작한 여고생 무리가 커다란 목소리로 떠들어 대는 통에 데쓰야뿐만 아니라 다른 손님들도 잔뜩 찌푸린 표정을 하고 있었다. 장소를 바꾸고 싶어도 한정된 용돈으로는 쉽지 않은 데다, 학교에서 학원까지 가는 길에는 도서관도 없다. 이제 참는 것도 한계에 다다랐다.

자신이 만약 기분 나쁘다는 평가를 받을만한 외모가 아니라 누가 봐도 '멋진 사람'이었다면 당당하게 주의 줄 수 있을 텐데. 그 애들도 말하지 않았던가. 그런 경우라면 얌전히 받아들이겠다고. 그러한 까닭에 '외모'를 빌렸다.

좋았어. 데쓰야는 심호흡했다. 가게가 벌써 코앞이다. 지금부터 자신은 여고생들이 인정할만한 '멋있는 사람'의 외모로 그 애들 앞에 설 것이다. 여고생들은 분명 들떠 있겠지. 그 면전에 대고 입바른 소리를 퍼부어 줘야지. 주위 사람에게 민폐가 된다는 걸 조금이나마 생각해 보라고, 아무리 패스트푸드점이라지만 지켜야 할 최소한의 매너가 있는 거라고 말해 줄 거다.

그 애들은 창피한 나머지 고개를 숙일 수밖에 없으리라. 그 얼굴을 빨리 보고 싶었다.

평소처럼 감자튀김과 음료를 사서 2층으로 올라갔다.

창가 카운터석으로 향하는데, 귀를 틀어막고 싶을 정도로 새된 웃음소리가 홀 안에 울려 퍼졌다. 그 애들이다. 늘 그렇듯 중앙의 널따란 테이블석에 진을 치고 앉아서 각자 스마트폰을 손에 쥔 채 잔뜩 흥이 올라 있다. 무리 중 하나가 힐끔 데쓰야 쪽을 쳐다봤다. 그러든 말든 데쓰야는 창가 자리로 가서 앉았다. 소란이 최고조에 달했을 때를 노릴 생각이었다.

무슨 속셈인지 그 애들이 얼굴을 바싹 맞대고 소곤거리고 있었다. 저 사람 멋진데, 하고 속삭이는지도 모른다. 좋아, 마음껏 시끄럽게 떠들어 보라고. 그런 뒤에라야 더욱 기가 팍 죽을 테니까.

데쓰야는 석양이 지는 창가에 어슴푸레 비치는 자기 모습을 바라봤다. 참으로 곱상한 얼굴이다. 원래 자그마한 얼굴이 적당히 널찍한 어깨 탓에 더욱 작아 보였다.

중고등학교 모두 남학교를 다니며 별 탈 없이 성장해 온 데쓰야는, 외모가 중요하다고 느낄만한 상황과 맞닥뜨린 적이 거의 없었다. 친구들과 역 앞을 서성거리고 있는데 지나가던 다른 학교 여학생들로부터 기분 나쁘다는 듯한 시선을 받았을 때 이런 생각을 한 적은 있다. 우린 인기가 없구나. 그래도 우리는 잘하는 과목이 여러 개나 되고 장래도 탄탄대로니까 괜찮아. 그런 확고한 자부심이 뒷받침해 주는 덕분에 속이 부글부글 끓어오르지는 않았다.

데쓰야가 '잘생긴 사람'의 외모를 원한 이유는 주변에 민폐를 끼치는 저 여고생들을 조용히 시키겠다는 일념 때문이었다.

"으앗, 그게 뭐야!"

무리 가운데에서 쩌렁쩌렁한 목소리가 터져 나왔다. 창가 유리로 비치는 다른 손님들이 일제히 그 무리 쪽을 쳐다보고 있었다.

'그래, 지금이야.'

데쓰야는 자리에서 일어섰다. 평소보다 적은 걸음 수로 성큼성큼 가게 안을 가로질러 갔다. 그런데 막상 대면하려니 놀랄 만큼 심장이 날뛰기 시작했다. 간신히 호흡을 골랐다. 마지막으로 크게 심호흡을 한 뒤, 여고생 여섯 명이 모여 있는 테이블석 바로 옆에 섰다.

"어머, 웬일이야. 왜 그러지?"

"아는 사이야? 뭐야? 누구 아는 사람?"

잔뜩 긴장한 빛으로 이쪽을 올려다본다. 그때 느닷없이 사레가 들리고 말았다. 콜록콜록 기침이 심하게 나왔다. 그러자 그 애들의 태도가 돌변했다.

"어머나, 무슨 일이래?"

"뭐야, 진짜 싫다. 무섭잖아."

심장이 꽉 죄어드는 느낌이었다. 간단히 사람을 바보 취급할 수 있는 상대를 눈앞에 마주하는 게 이토록 두려운 일이었다니. 뒷걸음질 치기 일보 직전이었다.

그때였다.

"이봐."

진짜 데쓰야의 외모를 한 '외모 대여점'의 직원 구레하가 갑자기 데쓰야의 옆으로 다가오더니 그 애들 앞에 섰다.

"조금만 조용히 이야기하는 게 어때? 민폐라고 생각하는 사람들이 가게 안에 있는 것 같으니까."

외모도 목소리도 데쓰야 그 자체인데 말투가 굉장히 멋졌다. 등을 꼿꼿이 펴고 선 자세 덕분인지 아니면 기분 탓인지 스타일도 좋아 보였다.

그 애들은 말 한마디 없이 구레하의 얼굴을 쳐다봤다. '멋진 사람'도 뭣도 아닌 본래 데쓰야의 얼굴을.

"괜찮다면 잠깐이라도 생각해 봐."

그 말을 끝으로 구레하는 겨우 기침이 멈춘 데쓰야의 등을 가만히 밀면서 원래 자리로 돌아갔다. 분명 저 애들은 숙덕거리며 웃고 있겠지. '저 사람 뭐야, 외모는 괜찮았는데 좀 소름 끼치지 않았어?'라든가. '나중에 온 녀석은 저런 얼굴로 꽤 잘난 듯이 지껄여 대더라, 재수 없어!'라든가. 생각만으로도 등 뒤가 지글지글 타들어 가는 느낌이었다.

고개를 떨군 채 의자에 앉은 데쓰야에게 구레하가 살며시 말을 걸어왔다.

"저런 얘길 하고 싶었던 것 같아서 대신 말해봤어."

데쓰야는 머리를 숙인 채 고개를 연신 끄덕였다. 맞다. 하고 싶었던 말은 모두 구레하가 해 주었다. 다만, '멋진 사람'도 뭣도 아닌 평소 자기의 외모로. 그래서야 아무 소용이 없다. 언젠가 충고를 던진 아주머니의 경우처럼 저 애들에게는 아무런 영향도 끼치지 못할 게 뻔하다. 스스로가 너무도 우스꽝스럽고 안쓰러워서 눈가에 점점 눈물이 차올랐다.

"저기요……."

난데없이 누군가가 등 뒤에서 말을 걸었다. 돌아본 순간 가슴이 철렁했다. 그 애들이었다.

◊ ◊ ◊

데쓰야가 하고 싶었던 일이 무엇인지 눈치챈 순간, 구레하의 마음속에 남아 있던 강한 경계심이 맥없이 사라졌다. 그랬구나. 이 아이는 그저 하고 싶은 말을 제대로 전달하고 싶었던 것뿐이구나.

뭔가 나쁜 짓이라도 하진 않을지 지나친 억측을 해버린 건, 그 얼굴이 과거에 구레하가 만났던 용서할 수 없는 인간과 무척이나 닮아서였다. 단지 그뿐이었다. 너무도 일방적이고 근거 없는 확신이었다.

그 마음을 알아차린 순간, 모처럼 대여한 '외모'인데 하고 싶은 말을 제대로 전하지 못한 데쓰야가 너무 안쓰럽게 느껴졌다. 무엇이든 도와주고 싶은 심정이었다. 대변해 주는 것 외에는 아무런 생각도 떠오르지 않았다. 하지만 그걸로 충분했을까.

"정말 다행이다."

마치 구레하의 머릿속을 막 들여다본 것처럼 안지가 말했다. 이미 데쓰야는 돌아갔고 가게 영업도 끝난 상태였다. 지금은 안지와 구레하 둘이서 마감을 하는 중이었다.

"다행이라니……, 뭐가?"

"그 여고생들 말이야. 시끄럽게 해서 미안하다며 사과하러 왔잖아. 교실에선 늘 그런 분위기라 몰랐다고 했다면서."

"응, 앞으로는 조심하겠단 말도 하던걸. 이상할 정도로 순순히 받아들이던데."

"훗."

안지가 웃었다.

"무슨 말인지 알 것 같아. 그러고 보니 예전에 주의 준 아주머니는 무시했다고 오노 군이 그랬지. 어쩌면 어른이 아니라 비슷한 나이대의 착실해 보이는 애한테 그런 말을 들었기 때문에 더 먹혔던 게 아닐까."

"오노 군 말로는 '멋진 사람'이 하는 말이라면 들어주겠다는 이야기를 엿듣고 외모를 대여한 거라던데."

"물론 '멋진 사람'이 하는 말이었다면 반응이 달랐을지도 모르지. 그런데 콜록거리며 기침이나 하고 있으니 좀 수상한 사람으로 보였을 거야. 게다가 그 애들한텐 '멋진 사람'의 쓴소리보다 그들처럼 고등학생이면서 착실해 보이는 아이의 당당한 충고 쪽이 더 무게 있게 다가왔던 건 아닐까?"

안지의 말이 무슨 뜻인지 알 것도 모를 것도 같았다. 데쓰야가 이런 말을 했기 때문이다.

"저야말로 그 여자애들을 바보 취급하고 있었던 건지도 몰라요. 저렇게 요란을 떨어 대는 패거리니까 그저 외모로만 멋있는지 아닌지를 판단할 거라고 마음대로 생각했어요."

결국 데쓰야는 굳이 '외모'를 대여할 필요가 없었다. 그저 생각한 것 그대로를 자신의 언어로 당당히 전달하기만 하면 충분했다.

"하긴, 그런 행동을 실행하기 위해서 오노 군에게도 계기가 필요했을 거야. 도움이 되었다면 정말 다행이지. '외모'를 대여해 주는 사람으로서 이것만큼 기쁜 일은 없으니까."

　평소 안지는 늘 이런 말을 해왔다. 사람을 상대로 영업을 하는 이상, 어떤 손님이든 기꺼이 맞이해야 한다고. 예전에도 그런 경우가 있었다. 어딘가 수상쩍은 손님이 와서, 당시 사와카가 저 사람은 거절하자고 안지에게 말했지만 단번에 묵살당했다.

　"수상쩍은 느낌 같은 건 거절의 이유가 될 수 없어, 사와카. 우리 가게는 평범한 대여점이니까. 요금을 제대로 지불하고 계약조건도 잘 지켜준다면 누구든 손님으로 맞아야 해."

　"두고두고 네게 해를 끼칠지도 모르는 인간이라도?"

　"물론이야."

　"잘 이해가 안 돼. 왜 그래야 하지?"

　"그게 규칙이니까. 사람을 상대하는 장사라는 건, 가게 측도 손님도 서로 규칙을 지킴으로써 성립하는 거야. 그러니까 수상쩍은 느낌만으로 손님을 거절할 순 없어."

　안지는 그런 신조로 '외모 대여점 변신 가면'을 운영하고 있다.

데쓰야를 수상쩍어 한 건 그저 구레하의 억측일 뿐이었다. 앞으로는 어쩌면 단순히 억측만으로 끝나지 않을 손님이 올지도 모른다. 그렇다고 해도 안지는 역시나 그 손님을 거절하지 않겠지. 그렇다면 우리가 굳건하게 지켜 주면 된다. 이 느긋하기 짝이 없는 주인을.

"으악!"

안지가 갑자기 소리를 질렀다.

"편의점에 자전거를 세워둔 채 와버렸네!"

가져오겠다며 뛰어나가는 안지를 배웅하며 구레하는 중얼거렸다.

"못 말린다니까."

대여 계약 ④

사와구치 유리

여, 11세

전혀 다른 사람이 되고 싶다면, '외모'를 대여해 보세요.

한밤중, 문득 잠에서 깬 사와카는 옆에서 자는 구레하의 숨소리를 확인했다. 푹 잠든 듯했다. 가슴을 쓸어내린다.

이번에는 반대편 옆을 살폈다. 어린 여우의 모습을 한 마토이와 호노카가 철썩 들러붙은 채 깊이 잠들어 있다. 사와카와 구레하는 어지간하면 인간의 모습인 채로 잠을 자지만, 아직 요력이 약한 마토이와 호노카는 수시로 본래 모습으로 되돌아올 필요가 있었다.

이젠 너무도 아득해진 그날을 떠올린다.

소노지를 배신한 인간들을 향한 억누르기 힘든 분노를 그대로 시뻘건 불길로 바꿔 놈들의 집을 불태웠던 그날.

화염에 휩싸인 집을 뒤로한 채 소노지와 함께 산속을 향해 걸어가고 있을 때, 비틀비틀 뒤따라오던 어린 여우 두 마리의 존재를 알아차렸다. 언뜻 보니 털의 표면이 그슬려 있었다. 그 불길에 휩쓸린 탓이라는 걸 한눈에 봐도 알 수 있었다. 소노지는 곧장 두 마리를 치료하면서 사와카와 구레하에게 명령했다. 꼭 살려야 한다고.

소노지가 새로 구한 산중의 거처에서 어린 여우들이 회복하기를 기다렸다. 긴 시간 변신 여우 옆에서 지내다 보면 어떤 여우든 서서히 요력이 생겨난다. 조금이라도 빨리 어린 여우들을 떠나보내기 위해 부지런히 보살펴준 게 잘못이었던 걸까.

호노카가 빙그르르 구르듯이 사와카의 이불 속으로 파고들어 온다. 코를 골면서 사와카의 어깻죽지에 달라붙어 떨어지지 않는다.

회복하기를 기다리는 동안 완전히 정이 들고 말았다. 차마 내보내지 못한 채 지내다가 지금의 상황에 이르렀다. 사실 변신 여우로 살게 하고 싶지 않았다. 평범한 여우로 자유로이 살아가길 바랐다. 하지만 더는 이루어질 수 없는 바람이다.

감촉이 부드러운 호노카의 털에 볼을 비비며 사와카는 가만히 눈을 감고 생각했다. 어느새 이렇게 책임져야 할 대상이 늘어난 걸까.

갑자기 두려워졌다. 소노지뿐이던 그때보다 자신은 충

분히 강해졌을까. 당시에는 소노지조차 제대로 지켜주지 못했다. 인간들의 교활함을 알아차리지 못해서 주인인 소노지의 목숨을 위험에 빠뜨리고 말았다.

여우술사는 특이한 능력을 지녔다는 이유로 탐욕스러운 사람들의 먹잇감이 되어 이용당하기 쉽다. 새로운 주인인 안지는 딱 봐도 한없이 좋은 사람인데다, 앞뒤를 재는 일에 젬병인 청년이다.

이젠 마토이와 호노카까지 있다. 게다가 구레하는 지나치게 심성이 따뜻한 면이 있었다. 요력의 내공은 사와카와 비등한데 위급 상황에서 철저히 매정하게 굴지 못하는 면은 약점이나 마찬가지였다.

그 몫까지 자신은 강해져야 한다. 지금 책임지고 있는 이들을 온전히 모두 지켜 낼 수 있을 만큼 강하게.

"사와카, 졸려 보이네."

거실에 얼굴을 내밀자 안지가 말을 걸어왔다. 언제나 그렇듯 아침 식사와 도시락을 준비하고 있다. 주방에는 맛있는 된장국 냄새가 풍겼다.

"잠 설쳤어?"

"네가 하도 코를 골아대는 통에 시끄러웠거든."

"설마! 내가 코를 곤다고?"

변신 여우들이 자는 방과 안지의 침실은 나란히 붙어
있는데 칸막이 역할을 하는 건 미닫이문뿐이다. 어느 방
에서 나는 소리든 고스란히 잘 들린다. 하지만 안지가 코
고는 소리를 들은 적은 없었다.

"저기, 사와카. 그렇게 심하게 골았어?"

사와카는 찬장에서 접시를 꺼내 식탁에 늘어놓으면서
일부러 대꾸하지 않았다.

"으아, 충격이다. 내가 코를 곤다니."

안지가 중얼거렸다.

소노지에게는 이런 농담을 해 본 적이 없었다. 결코 끊
어 낼 수 없는 유대감은 있었지만, 소노지는 절대적인 주
인이었고 변신 여우들은 그에 복종하는 쪽이었으니까.

아직 안지에게는 그다지 그런 자각이 없는 것 같았다.
마치 변신 여우들을 단순한 동거인 겸 직장 동료처럼 생
각하는 경향이 있었다.

"아 참. 오늘 '저쪽' 손님의 예약이 있잖아. 그거 사와카한테 부탁해도 될까?"

'저쪽'이라는 건 협력점 쪽의 예약을 뜻한다.

"희망하는 '외모'가 어떤 건데?"

"그게, 나이가 좀 든 성인 여자라면 누구든 괜찮다고 했어."

그런 거라면 확실히 마토이와 호노카에게 맡길 수 없는 노릇이다. 아직 두 사람은 본인 연령대의 인간으로만 변신할 수 있기 때문이다. 만능둔갑술을 쓸 수 있는 건 완전한 변신 여우인 사와카와 구레하뿐이다.

◊ ◊ ◊

버스에 탈 때면 으레 운전기사가 거듭 쳐다본다. 어린이 요금을 내면서 외모는 그렇게 보이지 않아서다.

사와구치 유리는 가슴에 다는 교내용 초등학생 명찰을 주머니에서 꺼내 운전기사에게 보여주었다. 이름 위에 5학년 2반이라고 선명하게 적혀 있다. 운전기사가 멋쩍게 시선을 거두는 걸 확인한 뒤에야 유리는 뒤쪽 승강구 근처의 자리에 앉았다.

삼십 분 정도면 '외모' 대여를 예약한 가게와 가장 가까운 버스정류장에 도착한다. 시가지에 사는 유리에겐 완전히 낯선 장소다. 불안한 마음이야 있다. 어쨌든 지금부터 평소와는 정반대의 일을 할 작정이니까.

'열여섯 살입니다. 신분증은 여기 있어요.'

또박또박 말할 수 있을까……

문을 옆으로 밀고 안에 들어가려던 찰나, 꺅 비명을 지르고 말았다.

발밑으로 황금색의 무언가가 스쳐 지나갔기 때문이다. 당황해서 뒤돌아보니 폭신폭신한 꼬리를 흔들며 도망가는 어린 여우의 뒷모습이 보였다.

"죄송합니다. 여우 때문에 놀라셨죠!"

가까이에서 목소리가 들려와 앞을 돌아봤다. 그 순간 유리는 두 번째 비명을 질렀다. 부스스한 머리의 젊은 남자가 바로 눈앞에 나타났기 때문이다.

"이런, 몇 번씩이나 놀라게 해드려서 죄송해요!"

가느다란 안경 속의 눈이 굉장히 서글서글해 보인다. 이 사람이라면……. 유리는 살짝 안심하면서 준비해 온 신분증의 이름을 밝혔다.

"예약한 '이토 루리코'입니다."

"아, 네. 이토 씨였군요. 어서 안으로 들어오세요."

토방의 공간 안쪽에 자리한 카운터 앞으로 안내받았다. 유리는 풀썩 의자에 앉았다.

"처음 뵙겠습니다. 점장인 아즈마입니다."

부스스한 머리의 남자가 카운터 안쪽으로 들어간 뒤 생글거리며 인사를 건넸다.

"어디 보자, 이토 씨는 열여섯 살…… 인가요?"

친절해 보이는 사람이라고 안심하고 있었는데 불시에 의심받고 말았다. 일단 심호흡을 한 뒤 준비해 온 신분증을 꺼냈다.

"네. 고등학교 1학년이에요."

신분증은 평소 다니던 도서관에서 주웠다. 떨어뜨리는 광경을 보고 있었기 때문에 안면이 있는 얌전한 언니의 것이란 건 알고 있었지만 잠깐만 빌리기로 마음먹었다. 물론 곧 돌려줄 생각이다. 어떻게든 열여섯 살이 되고 싶었다. 지금 와 있는 '외모 대여점 변신 가면'의 손님이 되기 위해.

유리의 외모는 고등학생이라 해도 믿을 만큼 어른스럽다. 키도 5학년 중에 가장 크다. 하지만 유리는 아직 열한 살이었고 이 가게의 이용 조건 가운데엔 열다섯 살 이상이라는 항목이 있었다.

요금이 어마어마하게 비싸진 않았지만, 이제껏 유리가 친척들에게 받아 차곡차곡 저금해 온 세뱃돈이나 용돈을 다 합쳐야만 겨우 마련할 수 있었다. 엄마가 또 며칠씩 집을 비울 때는 굶주린 채 그 시간을 견뎌 내야만 하겠지.

그래도 상관없다. 그만큼 유리에겐 지금 어른의 외모가 절실했다.

아즈마란 이름의 점장이 가만히 유리의 얼굴을 바라봤다. 신분증은 학원용이어서 사진이 붙어 있지 않았다. 얼굴을 비교하는 건 불가능했다. 그런데도 점장은 유리를 뚫어져라 쳐다보고 있었다.

"한 가지만 여쭤봐도 될까요?"

"아, 네."

"전해 받은 메시지로는 나이가 좀 든 성인 여자라면 누구든 좋다고 하셨는데요, 그 '외모'가 아니면 안 되는 이유가 따로 있으신가요?"

"네."

"혹시 이유를 알 수 있을까요?"

"말하지 않으면 못 빌리나요?"

"아뇨, 그럴 리가요. 기본적으로는 대여해 드린 외모를 범죄 행위에 이용하는 게 아니라면 자유로이 이용하셔도 무방합니다."

"그렇다면……."

"얘기하고 싶지 않다, 그 말씀이시군요."

"…… 네."

어차피 털어놔 봤자 대신 나서줄 리가 없다.

어른들은 생판 모르는 남의 일에는 무관심하니까. 어쩌다 친절한 사람도 있지만, 문제가 복잡해지기라도 하면 여기까지라고 선을 긋고는 파도가 물러나듯 도망치고 만다. 유리는 그런 사람들을 수없이 알고 있었다.

만약을 대비해 인터폰을 눌러봤다. 아무런 응답이 없었다. 좋았어. 지금이라면 엄마는 없다. 방에는 그 아이뿐이다.

지금이 경찰을 부를 기회야. 유리는 각오를 다졌다. 다급히 아파트 뒤편으로 돌아가 창문 가장자리를 돌로 쳐서 작게 깨뜨렸다. 그리고는 곧장 근처 파출소를 향해 달려갔다. 모퉁이를 돌면 공원 앞에 파출소가 있을 것이다.

숨을 헐떡이며 모퉁이를 돌았다. 찾았다. 책상 앞에 경찰 아저씨 두 사람이 앉아 있었다. 먼저 유리를 알아본 한 사람이 건물 밖으로 나와주었다.

"무슨 일 있으세요?"

"아, 네."

입을 연 순간 유리는 가슴이 철렁했다. 자신이 낸 목소리가 너무 낯설어서 깜짝 놀란 탓이다.

맞다, 지금 난 그 대여점에서 빌려 온 아주머니의 모습이었지.

점장이 추천해 준 외모는 쇼트커트의 건강해 보이는 아주머니였다. 그다지 붙임성이 좋아 보이진 않았지만 무서운 인상은 아니었다. 지금 유리의 외모는 바로 그 아주머니다. 점장이 시키는 대로 했더니 이렇게 뒤바뀌어 있었다.

"무슨 용건이신지?"

경찰이 얼굴을 들여다보았다.

"창문이……."

무심코 유리는 뒷걸음질 치며 말했다.

"창문이 깨져 있어서요."

"댁의 창문 말씀이세요?"

"아, 아뇨, 우리 집이 아니라, 아리타 씨라고 옆집의……."

"아리타 씨요? 그 댁의 위치가 어디인가요?"

"저쪽 모퉁이를 돌면 바로 보이는, 우에다하임의……."

점장이 그랬던 것처럼 경찰도 유리의 얼굴을 빤히 바라보며 이야기를 하고 있었다. 목이 바짝바짝 말랐다. 초등학교 5학년 여자애라는 사실이 금방이라도 들통날 것만 같아서 숨이 가빠왔다.

"알겠습니다. 우선 댁의 성함과 연락처를 여쭤봐도 될까요?"

하마터면 소리를 지를 뻔했다. 설마 이름과 주소를 먼저 물어보리라곤 생각조차 하지 못했다.

"저기…… 그게……."

유리가 우물거리자 경찰이 다시 빤히 쳐다봤다. 이젠 틀렸어. 더 이상 어른인 척하는 건 불가능해. 도망가 버릴까. 그런 생각을 하고 있는데 뒤에서 누군가 손목을 쑥 잡아당겼다.

"엄마."

돌아보니 진짜 유리(의 모습을 한 이 아주머니)가 이쪽을 올려다보고 있었다.

"빨리 가자, 응? 가자."

반복해서 말하며 유리를 억지로 끌고 가려고 했다. 함께 있다는 사실을 까맣게 잊고 있었다. 본래 자기 모습을 한 사람과 함께 행동할 것. 그것이 계약조건이었다.

경찰이 불러 세우기도 전에 유리는 본래의 자신에게 이끌려 달리고 있었다. 그대로 근처 공원까지 뛰어갔다.

"안지!"

본래 유리의 목소리가 모르는 사람의 이름을 불렀다.

"여기야, 여기!"

나무 그늘에서 불쑥 모습을 드러낸 사람은 어째선지 부스스한 머리의 그 점장이었다.

"아까처럼 어서 등을 맞대고 서!"

떠밀리듯 본래의 자신과 등을 맞대고 섰다. 좀 전과 비슷한 주문을 들은 뒤 그만 됐다는 말에 눈을 떴다.

"이것으로 대여는 끝났어."

순식간에 유리는 원래의 초등학교 5학년 여자애로 되돌아오고 말았다. 조금 전까지 자기가 대여하고 있던 쇼트커트 머리의 아주머니와 부스스한 머리의 점장이 눈앞에 서 있었다.

"이제 얼른 돌아가자."

유리는 어리둥절해하면서 두 사람에게 이끌려 파출소로 되돌아갔다.

"앗, 다시 오셨어요!"

파출소 앞에 서 있던 경찰이 안에 있던 또 한 사람에게 말한 뒤 달려왔다.

"무슨 일이세요? 갑자기 사라지셔서."

"그런 건 아무래도 상관없잖아요!"

쇼트커트 아주머니가 호통치듯 말했다.

"어쨌든 빨리 와주세요!"

"하지만 먼저 성함과 연락처를……."

"네!"

점장이 힘차게 손을 내밀었다.

"그거라면 제가 남아서 쓸게요."

그렇게 말한 뒤 부리나케 파출소 안으로 들어가 버렸다.

◇ ◇ ◇

소파에 앉아 있는 유리 앞에 안지가 꿀을 넣은 핫초코를 내려놓았다. 호노카에게도 자주 만들어주는 음료다.

사와카 옆에 안지도 앉았다. 거실에는 세 사람뿐이다. 근무표를 확인하니 구레하는 대여된 바비큐 세트를 배달하러 갔다. 마토이와 호노카는 어린 여우의 모습으로 뒷산에라도 놀러 간 모양이었다.

화제를 옮기듯 안지가 유리의 이름을 불렀다.

"유리야, 용케 잘 견뎌 냈구나. 무서웠지? 어른 흉내를 내는 게."

머리를 떨군 채 유리는 고개를 흔들었다. 애쓰지 않았다는 뜻일까, 아니면 무섭지 않았다는 뜻일까. 사와카는 잘 이해가 되지 않았다. 그런데도 안지는 다 안다는 듯 고개를 끄덕이고 있었다.

"그랬구나. 네겐 온 힘을 다해 견뎌 낸 날도, 무서웠던 날도 있었던 거구나."

깜짝 놀란 듯 유리가 번쩍 고개를 들었다. 안지는 따뜻한 시선으로 유리를 바라봐 주었다.

"…… 우리 집에서 있었던 일, 알고 있었어요?"

주뼛주뼛 유리가 물었다.

"그럴 리가."

안지가 고개를 저었다.

"네 집안 사정은 몰라. 다만, 네가 어떤 도움도 받지 못한 채 하루하루를 보내왔다는 건 어쩐지 알 것 같아. 그래서 오늘 같은 일쯤은 별것 아니라고 생각하는 건가 싶어서."

사와카는 도통 알 수 없었다. 안지가 유리에 대해 뭘 알고 있다는 건지. 또 지금부터 무슨 말을 하려는지 조차도. 왠지 소노지를 보는 것 같았다. 소노지도 그랬으니까. 사와카가 모르는 걸 그는 알고 있었다.

"지금은 어떤 도움이라도 받고 있는 거야?"

"변한 건 없어요……. 하지만 예전보다 엄마가 집에 자주 오게 되었어요."

"집에 있을 때 엄마는 잘해 주셔?"

"스마트폰만 들여다보고 있지만 가끔은 대화를 나누기도 해요."

"그랬구나. 다행이네."

유리는 고개를 까닥 끄덕이고는 신기하다는 표정으로 안지를 쳐다봤다.

"점장 아저씨는 엄마랑 아는 사이예요?"

"아니. 난 평범한 대학생이고 이 가게의 점장일 뿐이야."

"그런데 잘 아는 것 같아서요."

안지는 귀엽다는 듯 찡긋 웃었다.

"유리가 왜 그런 일을 했을까 생각해 봤더니 알게 됐지."

유리도 덩달아 웃었다.

"탐정 같아요."

유리가 했던 일은 이러했다.

일부러 '어른의 외모'를 대여하면서까지 창문이 깨진 (실제로는 본인이 깬) 방으로 경찰을 출동시켰다. 그리하여 비쩍 말라 앙상해진 세 살 정도의 남자아이가 쓰레기더미의 방에서 구출되었다.

사와카와 안지가 예상하지 못한 일은 '몸이 뒤바뀐 상태'의 유리가 경찰에게서 신분을 밝혀달라고 요구받은 것이었다. 사와카는 호적에 등록되어 있지 않았기 때문에 신분 조회를 했다가는 위험해진다. 그 상황에서 구세주가 되어준 이가 안지였다. 유리의 행동이 걱정스러워서 미행하고 있었던 것이다. 미리 약속한 공원에서 합류하자마자 재빨리 몸을 원래대로 되돌려 놓은 뒤 중년 여성으로 둔갑한 사와카가 경찰을 아파트로 안내하도록 계획을 짰다. 그 대신 안지가 파출소에 남아서 주소와 이름을 확실히 밝힌 덕분에 사와카의 신분은 조회되지 않은 채 마무리되었다.

경찰을 대동하여 아파트로 향한 사와카와 유리는, 보는 내내 마음을 심란하게 하던 현장에서 소리 없이 모습을 감춘 뒤 무사히 가게로 돌아왔다.

경찰이 모녀에 관해 묻자, 안지는 창문이 깨져 있는 걸 우연히 저 모녀와 동시에 발견해서 함께 파출소에 온 것뿐이며 어디에 사는 누구인지도 모른다고 둘러대서 더는 추궁당하지 않은 모양이었다.

어쨌든 유리의 목적은 무사히 달성되었고, 둔갑 중인 사와카가 파출소에 연행되는 최악의 사태는 넘겼다.

"그 방 창문이 열려 있는 걸 딱 한 번 봤을 뿐이에요. 예전의 나와 같은 남자애가 있었어요. 비쩍 말라서, 멍한 표정을 한 아이가."

유리가 직접 시청에 전화를 건 적도 있었지만, 엄마를 바꿔 달라는 말을 들었다고 했다.

"나 자신도 도움을 받지 못했는데, 다른 애를 구해달라고 부탁할만한 어른이 주변에 아무도 없었어요. 그래서……."

그러한 까닭에 '외모'를 빌린 것이라고 했다. 아이인 채로는 불가능한 일을 하기 위해.

"정말 애를 많이 썼구나."

안지가 또 한 번 유리를 위로했다. 거실 안으로 유리의 울음소리가 조용히 울려 퍼졌다.

"그래도 유리야, 다음엔 희망을 가졌으면 해. 어쩌면 이 사람은 도움의 손길을 내밀어 줄지도 모른다고 말이야."

유리가 머리를 끄덕끄덕했다. 힘차게 고개를 위아래로 흔들었다.

"적어도 우린 이 가게에서 일하고 있잖아. 누구든 반드시 있을 테니까."

사와카마저도 어깨가 가벼워지는 기분이었다. 그런 건가. 이곳에는 나 혼자만 있는 게 아닌 건가.

유리가 슬그머니 고개를 들었다.

"다음에 올 땐 여우들을 안아 봐도 돼요?"

장난기 어린 미소로 안지가 사와카를 쳐다보며 말했다.

"글쎄."

대여 계약 ⑤

나카지마 후미코

여, 20세

무엇이든 대여점 변신 가면

OPEN

전혀 다른 사람이 되고 싶다면, '외모'를 대여해 보세요.

안지는 어떤 아이였을까.

문득 궁금해진 호노카는 욕실 문을 힘차게 열어젖히고 김이 피어오르는 쪽을 향해 말을 걸었다.

"있잖아, 안지!"

"저기…… 호노카."

"응?"

"목욕하고 있을 땐 갑자기 들어오지 않았으면 좋겠는데."

"왜?"

"알몸일 때는 혼자 있고 싶으니까."

"어째서?"

"어쨌든 그러고 싶어!"

어쩔 수 없이 호노카는 욕실에서 나왔다. 대신 안지의 방으로 향했다. 멋대로 미닫이문을 열고 독서대 앞에 풀썩 앉았다. 액자 하나 없었다. 낡아빠진 필통과 두꺼운 사전, 쌓아둔 노트 여러 권뿐이다. 그리고 덩그러니 스마트폰 하나. 이걸 만지면 혼나기 때문에 건드리진 않는다.

안지의 어린 시절을 알만한 물건이 어디 없을까. 주변을 둘러본다. 호노카가 알고 있는 안지의 오래된 정보라고 해봤자 '원래는 도쿄에서 살았다'라는 정도다.

소노지와 일찍이 사별한 아내가 낳은 아이가 안지의 엄마다. 소노지의 아내가 죽자마자 도쿄 친척에게 맡겨진 뒤로 소노지와의 교류는 거의 없었다고 한다.

"호노카, 뭐 하는 거야? 멋대로 안지 방에 들어가면 안 되잖아."

열어 놓은 미닫이문 건너편에서 마토이가 얼굴을 내밀었다. 안지보다 먼저 목욕한 터라 아직 머리카락이 젖어 있다. 검은색 운동복 세트를 잠옷 대용으로 입고 있지만, 어차피 잘 때는 어린 여우의 모습으로 돌아가 버린다.

그러한 까닭에 목욕한 뒤에 헐벗은 채로 돌아다녔더니 안지에게 붙잡혀 한참 동안이나 잔소리를 들어야 했다. 인간으로 둔갑해 있을 때는 반드시 뭐든 걸치고 있어야 한다고. 집 안인데 뭐 어떠냐며 반항도 해봤지만 소용없었다. 어쩔 수 없이 호노카도 목욕한 뒤에는 마토이와 똑

같은 큼지막한 운동복을 상의만 걸친다.

"안지는 어릴 때 어떤 아이였을까 궁금해서. 신경 쓰이지 않아?"

그렇게 말하면서 호노카는 안지가 등교할 때 곧잘 매는 배낭을 가까이 가져와 속을 들여다보려 했다. 바로 그때 마토이가 가까이 다가와 찰싹하고 손등을 쳤다.

"아프잖아!"

"멋대로 뒤지지 마."

"원래 열려 있었잖아. 누가 봐도 곤란할 만한 건 없단 뜻이야, 분명히."

"우리가 맘대로 볼 거라는 생각을 안 하는 거겠지."

어째선지 최근 들어 마토이는 제법 인간처럼 말하게 되었다. 불과 조금 일찍 태어난 덕에 오빠 대접을 받게 되었지만, 실제로는 거의 동시에 태어난 거나 마찬가지다. 호노카는 살짝 시시해졌다.

"소노지가 아이였던 시절의 이야기라면 사와카와 구레하에게 물으면 얼마든지 알려 주겠지만 안지는 다르잖아."

마토이도 내심 안지의 어린 시절에 흥미가 없는 건 아닌 듯 무언가 골똘히 생각에 잠겨 있다. 그 얼굴을 올려다보다가 문득 예전부터 신경 쓰이던 일이 떠오른 호노카는 "있잖아, 마토이" 하고 입을 뗐다.

"안지 말이야, 친구는 있을까?"

"친구?"

마토이가 곧장 옆으로 와서 웅크리고 앉았다. 가까이 마주 보니 거울을 보고 있는 듯한 기분이다.

"누가 집에 놀러 온 적도 없고 전화가 걸려 온 적도 없잖아?"

"그야, 안지 정도 나이쯤 되는 인간은 굳이 집으로 전화를 걸거나 하진 않으니까……. 하긴 안지한테 친구 이야기를 들은 적은 없는 것 같아."

"그렇지? 분명 없는 거야."

"글쎄, 그런 걸까. 친구가 없을 것 같진 않은데. 인상도 좋고."

"친구가 없으니까 아무렇지도 않게 도쿄에서 이런 시골로 이사 온 것 같지 않아?"

"흐음, 글쎄."

그때 갑자기 마토이가 움찔하더니 커다랗게 몸을 떨었다. 그러고는 눈 깜짝할 새에 인간의 모습에서 원래의 어린 여우로 돌아와 버렸다.

뒤늦게 호노카도 몸을 부르르 떨었다. 등 뒤에서 어마어마한 요력이 느껴졌기 때문이다. 정신이 들었을 때는 호노카도 어린 여우로 돌아온 뒤였다. 입고 있던 운동복 속으로 쑥 파묻힌 모양새가 되었다.

열린 미닫이문 너머로 무시무시한 표정의 구레하가 서 있었다.

"제멋대로 안지의 방에 들어가지 말라고 했지. 대체 몇 번을 말해야 알아들을래!"

뒤늦게 들려오는 천둥소리처럼 연이어 성난 목소리가 날아온다. 호노카와 마토이는 바들바들 몸을 떨었다. 안지의 일로 화를 낼 때의 구레하가 세상에서 제일 무서웠다.

"안지의 어릴 적이 궁금했단 말이야……."

호노카가 간신히 목소리를 쥐어 짜내며 말했다. 그러자 구레하가 되물었다.

"안지의 어린 시절?"

흥미가 생긴 모양이다.

몇 분 후, 셋은 힘을 합쳐 안지의 어린 시절과 관련된 물건을 찾기 시작했다. 몇 분의 시간이 더 흐른 뒤, 뒤에서 느껴지는 무시무시한 기운에 돌아보니 화난 얼굴의 사와카가 셋을 지켜보고 있었다.

"구레하, 너까지 합세해서 뭘 하는 거냐!"

어마어마한 벼락이 떨어졌다.

◊ ◊ ◊

그 사람이다. 확신이 든 순간 초조해서 견딜 수 없었다. 그를 만나고 싶다. 오직 그 생각 하나로 나카지마 후미코는 도쿄 시내에서 전철을 갈아타고 이 동네에 왔다.

멋지게 늘어선 봉우리가 바라보이는 역 앞 경관에 자기도 모르게 눈살을 찌푸린다. 어째서 그는 이곳을 새로운 삶의 터전으로 고른 걸까. 적어도 같은 동네에서 살고 싶었는데…… 거절당한 마음을 애써 견뎌 내야 할지라도 상관없었다. 어쩌면 전철에서 우연히 마주칠 수 있을지도 모른다고 기대하며 야마노테선(도쿄의 순환 철도로 도심과 부도심 사이를 운행하는 노선-옮긴이)을 타고 싶었다.

이제 추억으로 묻어 둬야 한다는 건 알고 있다. 하지만 어떻게 해야 단념할 수 있는지를 도통 모르겠다.

"이번 정차 역은 ○○ 앞, ○○ 앞입니다."

버스 안내 방송에 퍼뜩 고개를 든다. 어느 역이었더라. 스마트폰 화면으로 눈을 돌리려는 순간 문득 차창으로 시선이 갔다.

"앗."

무심코 목소리가 터져 나왔다.

차창 바로 맞은편으로 그 사람이 보였기 때문이다. 고등학교 시절의 모습 그대로 부스스한 머리에 은테 안경을 쓴 그가 자전거를 타고 달리고 있었다. 엉거주춤한 자세를 한 채 전속력으로 페달을 밟고 있다.

창문을 열고 불러보았다.

"아즈마!"

바람에 목소리가 흩어지고 만다. 그는 이쪽을 보지 않

는다.

"아즈마!"

겨우 두 번째에야 흘낏 이쪽으로 시선을 돌렸다. 놀란
표정이 떠오르는 얼굴을 보자마자 버스가 크게 커브를 돈
다. 그의 모습이 순식간에 후미코 시야의 사각지대에 들
어가더니 그대로 사라져 버렸다.

'무엇이든 대여점 변신 가면.'

그 가게가 소개된 기사의 사진을 봤을 때 후미코는 순
간 숨을 멈췄다. 낡은 주택을 개조한 듯한 가게의 현관 옆
에서 두 미남 사이에 낀 채 배시시 웃고 있는 점장으로 소
개된 사진 속 남자는, 틀림없이 고등학교 시절의 후배인
아즈마 안지였다.

학교에서 같은 위원회 소속이던 후배에게 넌지시 안지
가 어느 학교로 진학했는지 캐낸 뒤로 그 지역에 관련된
인터넷 기사는 모조리 훑어보게 되었다. 설마 정말로 '그
의 근황'을 알게 되리라곤 생각지도 못한 채 그저 습관처
럼 들여다보고 있었을 뿐이다.

원래 그는 SNS 따위는 관심도 없는 사람이었으며 서로 연락처를 교환하지도 않았던 터라 두 해 전에 고등학교를 졸업하고 나서는 쭉 소식을 모른 채 지냈다. 그가 기타칸토에 있는 대학교로 진학했다는 걸 안 순간, 아무런 연락도 없이 지내는 게 두려워졌다. 이대로 평생 그를 만나지 못할지도 모른다는 생각만으로도 견딜 수 없었다. 도통 직장을 구하기가 쉽지 않아서 점점 취업에 대한 열의가 사라지며 이젠 다 틀렸다는 생각이 들던 차에, 그 기사가 눈에 들어왔다.

후미코는 호흡을 가다듬은 뒤 꼭 닫힌 젖빛 유리문을 옆으로 밀었다.

휑뎅그렁한 토방이 가장 먼저 눈에 들어왔다. 정면 구석에 통나무 카운터가 있었고, 바로 뒤에는 커다란 주렴이 드리워져 있었다.

"어서 오세요."

주렴 너머에서 활기찬 목소리로 인사하며 나타난 사람은 어딘가의 광고 모델 사진에서 툭 튀어나온 듯한 교복 차림의 미소녀였다.

아르바이트생인가. 그렇다면 안지가 채용했다는 뜻? 이런 미소녀를? 후미코는 술렁이는 가슴을 살짝 진정시키면서 물었다.

"저기, 점장님 계세요?"

"점장님이요? 지금 불러올게요."

미소녀는 주름치마의 치맛자락을 휘날리며 주렴을 걷고 안으로 되돌아갔다. 교복이라니. 그리웠다. 삼 년 전까지는 후미코도 입었었다. 세일러복은 아니었지만.

늘 조금 비뚤어져 있던 그의 넥타이가 생각났다. 대체 어떻게 묶어야 저렇게 한쪽으로 쏠리는 걸까. 언제나 수수께끼였다.

카운터 뒤로 드리워진 주렴이 차르르 흔들렸다. 다 늘어진 줄무늬 니트 셔츠를 입은 안지가 불쑥 모습을 드러냈다.

"…… 오랜만이야, 아즈마."

후미코가 가볍게 인사를 건네자 안지도 고개를 끄덕이며 인사했다. 역시 나카지마 선배였구나, 하는 표정으로.

"오랜만이에요."

곤란한 듯 살짝 눈썹을 내리며 웃는 얼굴. 진짜 아즈마 안지다.

"갑자기 가게에 찾아와서 미안해."

"아, 괜찮아요. 음, 어디선가 보고 찾아온 거예요? 우리 가게 말이에요."

"응, 우연히 인터넷 기사를 봤어."

"그랬군요."

'그래서요?'라고 묻는 것처럼 안지가 눈을 맞춘다. '설마 대여 이외의 용건으로 찾아온 건 아니죠?'라는 말을 들은 사람처럼 후미코는 무심코 뒷걸음질 칠 뻔했다.

"그러니까…… 그게, 협력점 같은 게 있었잖아? 외모 대여점이었던가."

"아, 네. 그럼 그쪽을 이용하시려는 거예요?"

분명히 '외모'를 대여할 수 있다는 내용이 쓰여 있었다. 화장과 가발, 의상을 이용하여 완벽한 코디네이션을 제공해줌으로써 원하는 외모가 될 수 있게 도와주는 것을 그렇게 표현한 것이리라.

지금 내게는 대여하고 싶은 '외모'가 있었던가…….

자기도 모르게 후미코는 생각에 잠겼다.

단번에 취업할 수 있는 외모? 그런 게 있을 리 없다. 직접 회사로 찾아가 면접을 본 뒤에야 깨달았다. 물론 외모도 평가대상이 된다. 하지만 그것 이상으로 평가하는 게 있었다. 이제껏 당신은 어떤 하루하루를 살아왔는가 하는 것. 이것만은 결코 빌릴 수 없다.

"…… 나카지마 선배?"

자신을 부르는 소리에 후미코는 격하게 눈을 깜빡였다.

눈앞에는 고등학교 시절의 마지막 일 년을 장식해 준 아즈마 안지가 있다. 어째서 이 사람은 자신의 마음을 받아주지 않았을까. 새삼스레 가슴 깊은 곳이 덜컹 내려앉는 느낌이었다.

"뭐야, 안지! 왜 울리고 그래!"

주렴 안쪽에서 유리컵이 놓인 쟁반을 손에 받치고 나오던 미소녀가 갑자기 소리쳤다. 당황해서 볼에 손을 대니 어느새 젖어 있었다.

"사와카! 구레하! 잠깐 나와 봐! 안지가 손님을……."

후미코는 그게 아니라고 허둥지둥 변명하려 했지만 주

렴 안쪽에서 이미 두 사람이 잇달아 나오고 있었다. 인터넷 기사 속 사진에서 본 미남들이었다. 거기다 미소녀를 쏙 빼닮은, 스탠드칼라 교복 차림의 남학생까지.

"그게 아니라, 저기, 이 선배는……."

안지가 뭔가 설명을 하려던 찰나였다. 두 미남 가운데 온통 검은색 옷차림을 한 쪽이 재빨리 안지를 옆으로 밀어젖혔다.

"정말 죄송합니다. 어떤 점이 불쾌하셨는지 여쭤봐도 될까요?"

점장인 안지를 대신해 스스로 나선 듯했다. 그렇다면 점장보다 더 높은 위치에 있는 사람이라는 건가. 후미코는 눈꼬리가 길게 째진 남자의 눈을 말똥말똥 바라봤다.

그 모습이 화가 난 것처럼 보였을지도 모른다. 이번엔 두 미남 중 온통 하얀색 복장을 한 남자가 새로이 후미코 앞으로 나섰다.

"편히 말씀해 주세요. 무엇이든 응대해 드리겠습니다."

"아뇨, 아즈마는 아무 짓도 하지 않았어요."

가까스로 후미코가 입을 열자 분위기를 살피며 조용히

지켜보던, 아마도 미소녀와는 쌍둥이인 듯한 스탠드칼라 교복 차림의 미소년이 나직이 중얼거렸다.

"아즈마……?"

영문을 모르겠다는 표정으로 잘생긴 두 남자가 안지를 쳐다본다. 미소녀와 미소년도 함께. 시선을 한 몸에 받은 안지가 지금 설명하겠다는 듯이 양손을 가슴 높이까지 들어 보였다.

"이 사람은 내 고등학교 선배야. 우연히 인터넷 기사에서 우리 가게를 알게 되었대. 그러니까, 그게……."

눈물을 흘린 이유까지는 설명하기 힘들었던 모양이다.

"나카지마라고 해요."

이름을 댄 뒤 후미코가 대신 말을 이어갔다.

"삼 년 만에 만나는 거라 왠지 반가워서……. 죄송해요, 놀라게 해드려서."

"뭐야, 그런 거였구나."

안도의 한숨을 내쉬는 미소녀를 잘생긴 두 남자가 째려본다. 너의 지레짐작 때문에 이상한 상황이 되어버렸다며 발끈하는 것이다.

"저기, 나카지마 선배."

안지가 조심스럽게 입을 뗀다.

"대여 건은 어떻게 하실래요? 오늘 빌리실 건가요?"

잊고 있었다. 지금 자신은 손님의 모양새로 여기에 왔다는 사실을.

뭔가 적당한 '외모'를 빌려야 한다. 머리를 굴려봐도 잡념이 자꾸 방해했다. 왜 이 가게는 미남 미녀들뿐인 거야. 대체 누구의 취향인 걸까. 고등학교 시절엔 늘 혼자 다니던 안지였는데. 어떻게 이토록 화기애애한 분위기의 직장에서 잘 적응하고 있는 거지. 생각이 꼬리에 꼬리를 물고 이어졌다.

"아즈마, 그 전에 잠깐 이야기 좀 할 수 있을까?"

이렇게 된 이상, 납득갈 때까지 질문 공세를 퍼부어 주리라. 어차피 폐를 끼치고 있는 거라면 적어도 후련한 마음으로 돌아가고 싶었다.

"대인기피증은 나아졌어? 외모가 반반하면 함께 있어도 괜찮나 봐? 졸업한 뒤에도 계속 연락 정도는 하고 싶다던 내 부탁을 거절한 이유도 그거야? 내가 예쁘지 않아서?"

후미코는 단숨에 말을 쏟아 냈다. 안지는 말할 것도 없고 그의 양옆에 나란히 서 있던 아름다운 용모의 네 사람도 할 말을 잃은 듯한 표정이었다.

잠시 시간이 흐른 뒤 안지가 무척이나 주저하는 목소리로 말했다.

"…… 일단, 이것만은 꼭 말해 두겠는데요, 나카지마 선배가 예쁘지 않다고 생각하는 사람은 거의 없을 거예요. 그러니까 그런 이유는 절대 아니에요."

엉뚱한 방향의 대답을 듣고 후미코는 맥이 풀리고 말았다. 맞아, 그랬었지. 기억이 떠올랐다. 안지는 그런 사람이었다. 이야기할 때의 말투도 내용도 상당히 독특했다.

"다음으로, 어째서 이 가게엔 외모가 빼어난 사람들뿐이냐는 질문인데요. 그건, 이 친구들이 살짝 특수한 혈통이라서……."

은테 안경 테두리를 몇 번이나 손끝으로 밀어 올리면서 안지는 필사적으로 설명을 이어갔다. 갑자기 우습다는 생각이 들었다. 이 사람은 전혀 바뀌지 않았어. 그것만으로도 납득이 되었다. 이제 그만하자고.

"아즈마."

"응? 앗, 네."

"'외모' 대여는 어떻게 하는 거야? 자세히 설명해 줄래?"

이야기하는 도중에 말을 끊었는데도 안지는 싫은 내색 하나 없었다. 설명을 다 들은 뒤 후미코의 입가에 희미한 미소가 떠올랐다. 이제야 생각났다. 대여하고 싶은 '외모'가.

◊ ◊ ◊

가게를 닫고 다 같이 모여 저녁밥을 먹는 자리에서도 안지는 좀처럼 후미코와 어떤 관계인지 이야기를 꺼낼 기미를 보이지 않았다.

대학 연구실에서 귀중한 연구 대상이 행방불명되는 바람에 한바탕 난리가 났다는 둥, 그 탓에 근무시간에 늦을 것 같아서 미친 듯이 자전거를 몰았다는 둥 시답잖은 이야기만 주절주절 늘어놓았다.

밥을 다 먹고 차를 마시려고 할 때 급기야 호노카가 단도직입으로 잘라 물었다.

"그래서? 나카지마 선배를 찬 이유가 뭔데?"

막 찻잔에 입을 대려던 안지는 "앗, 뜨거워!" 하며 부자연스럽게 수선을 떨면서 어물어물 넘기려는 눈치였다. 그러다 갑자기 마음이 바뀌었는지 불쑥 입을 열었다.

"나카지마 선배는 옥상에서 만나던 친구였어."

"옥상에서 만나던 친구?"

마토이가 되물으니 고개를 끄덕인다.

"점심시간에는 늘 옥상에서 도시락을 먹었는데, 나카지마 선배도 이틀에 한 번 정도는 옥상에 왔었어. 둘 다 혼자였거든. 그래서 어쩌다 보니 이야기를 나누게 된 거야……."

혼자.

역시 안지에게는 친구가 없었던 모양이다. 그런 생각이 든 순간, 호노카는 덜컥 가슴이 내려앉았다.

소노지와 똑같다. 소노지도 쭉 혼자였다. 뒤늦게 연이

닿은 나이 어린 아내도 일찍 죽어 버렸고, 막 태어난 자식도 오랜 세월 곁에 두지 못했다. 쓸쓸하단 말을 단 한 번도 입 밖으로 꺼낸 적은 없었지만, 그 옆모습을 볼 때마다 괜히 눈물이 나올 것만 같았던 기억이 난다.

소파로 자리를 옮기면서 안지는 계속 이야기를 들려주었다.

"초등학생 시절에 엄마가 가르쳐 준 사실이 하나 있었어."

"할아버지의 피를 이어받은 남자아이한텐 다른 애들과는 좀 남다른 면이 있단다. 궁합이 맞지 않는 사람과는 함께 있는 것만으로도 불행을 몰고 오는 경우가 있어서, 때로는 뜻하지 않은 죽음을 초래하는 일도 생기지. 그러니 특히 안지는 세심하게 주의를 기울여야 한단다. 함께 있어도 괜찮은 사람인지 아닌지."

"난 잔뜩 겁을 먹었지. 그래서 되도록 누구와도 친해지지 않으려고 조심하게 됐어. 누군가를 죽게 할 바엔 차라리 혼자인 편이 낫다고 생각했으니까.

고등학생이 되어서도 혼자가 낫다는 생각은 바뀌지 않았어. 그런 건 태도로 드러나니까 자연스레 친구도 안 생겼지. 평소처럼 옥상에서 도시락을 먹고 있는데 갑자기 나카지마 선배가 말을 걸어왔어. 옥상에 올라오면 어딘가 먼 곳으로 훌쩍 떠나고 싶어진다면서.

나 역시 늘 같은 생각을 하고 있었기 때문에 무심코 대꾸를 해버렸어. 그때부터 선배가 말을 걸어오기 시작한 거야.

그 시절의 선배는 가족이나 친구 문제로 조금 지쳐 보였는데, 학년 차가 나는 후배와 그때그때 하고 싶은 이야기를 무람없이 나누면서 기분전환을 하는 것처럼 보였어. 이 정도는 괜찮지 않을까. 이런 건 함께 있는 거라곤 볼 수 없으니까. 그런 식으로 편하게 생각하면서 나도 그 대화를 즐기게 된 거야.

그래서 졸업식 전날 선배로부터 고백받고 사귀자는 말을 들었을 때는 눈앞이 캄캄해졌어. 당황한 나머지 그건 좀 힘들 것 같다고 대답했지. 그랬더니 친구라도 좋다면서 졸업해도 연락 정도는 하고 지내자는 거야. 그것도 안 될 것 같다고 말했어. 선배는 알겠다고, 곤란하게 해서 미안하다고 말하곤 옥상을 떠났어. 그때의 하늘이 거짓말처럼 굉장히 맑았는데……. 구름 한 점 없는 하늘을 올려다보면서 생각했지. 졸업하면 먼 곳으로 가자고."

혼자 소파에 앉아 있던 안지의 곁으로 가장 먼저 다가간 쪽은 호노카였다. 이어서 마토이가 반대편 옆자리에 붙어 앉았고, 조금 뒤늦게 사와카와 구레하가 제각각 소파의 양 끝에 자리를 잡았다.

물론 안지에게서 꺼리는 기색은 보이지 않았다. 호노카 같은 변신 여우들은 여우술사의 피를 이어받은 자가 지닌 요기(妖氣)에 해를 당할 일이 없기 때문이다.

후미코가 대여한 '외모'는 무엇이었을까.

바로 '안지의 외모'였다. 아무리 만능둔갑술이 가능한 변신 여우라 해도 그대로 찍어낸 듯한 외모로 변신하기란 어렵다. 상당한 요력을 필요로 하는 데다, 비슷하면서도 다른 모양새가 되는 경우도 생기기 때문이다. 결과적으로 후미코는 원하는 외모를 얻었다. 구레하였기에 가능한 일이었다.

그 이후 후미코가 한 행동은 안지가 전혀 예상치도 못한 일이었던 모양이다. 어안이 벙벙해서 말문이 막힐 정도였으니까.

안지의 외모로 변신한 후미코는 구레하와 뒤바뀐 자기 몸을 있는 힘껏 꽉 껴안았다. 안지의 외모와는 어울리지 않을 만큼 굉장히 열정적이고 멋지게.

그러고는 안겨 있는 자신에게 들려주듯 그 귓가에 속삭였다.

"…… 이제, 충분하지?"

분명 후미코는 깨달았으리라. 실은 안지가 사람을 싫어하는 성격이 아니라는 걸. 어쩌면 그녀의 고백도 단순히 싫어서 거절한 게 아닐지도 모른다는 사실까지도.

호노카는 살며시 눈을 감았다.

언젠가는 안지도 그런 사람을 만났으면 좋겠다. 어떤 위험이든 감수할 만큼 꼭 함께 있고 싶은 사람을……. 시대는 변했다. 안지라면 소노지와는 다른 삶을 살아갈 수 있을지도 모른다.

그때까지는 우리가 곁에 있어 줄 테니까.

속마음을 고백하는 대신 호노카는 어린 여우의 모습으로 돌아가 안지의 무릎 위로 폴짝 뛰어올랐다. 인간의 모습일 때는 할 수 없는 일이다.

"호노카, 왜 그래? 졸려?"

안지가 부드럽게 머리를 쓰다듬기 시작했다. 기분이 좋아진 호노카는 스르르 꼬리를 말았다.

대여 계약 ⑥

야마시타 유타

남, 38세

무엇이든 대여점 변신 가면

OPEN

전혀 다른 사람이 되고 싶다면, '외모'를 대여해 보세요.

마토이는 인간 세상의 규칙을 조금씩 익혀 나가는 중
이다. 이젠 숲속에서 그저 어린 여우로 살아가던 시절이
꿈이나 환상처럼 느껴졌다.

인간 세상의 규칙을 익히면서 깨달은 점이 있었다.

인간은 단순하다.

인간은 복잡하다.

인간은 이 두 가지 면을 모두 지녔다. 마토이는 인간이
알기 쉬운 존재라고 생각했다. 단순한 면이든 복잡한 면
이든 어느 쪽도 이해하기 쉬웠다. 알면 알수록 납득하게
되었다. 역시 그런 거였군, 하고.

그런 마토이에게 있어 유일하게 이해하기 어려운 존재
가 안지다.

안지는 어수룩할 정도로 사람이 좋은 데다 남을 잘 돌
본다. 시금치나물과 연근조림, 버섯을 넣고 지은 밥을 좋
아하며 어떤 음식이든 잘 먹는다. 아침잠이 많은데 저녁
잠도 많다. 한 번 깼다가 다시 잠드는 일이 다반사고, 밤

10시가 지나면 벌써 꾸벅꾸벅 졸기 시작한다. 무서운 이야기에 맥을 못 추면서도 좀비 영화를 굉장히 좋아해서 노상 즐겨본다.

안지에 관해서라면 웬만한 건 다 꿰뚫고 있다고 자부하지만 정작 중요한 부분은 파악하지 못했다.

안지는 어느 때 화를 내고 어디에서 행복을 느낄까. 이걸 모른다면 마토이 입장에서는 그 사람을 잘 안다고 생각할 수 없었다.

이제껏 '외모 대여점'에 찾아온 손님들은 그런 면을 파악하기 쉬웠다. 그래서 상대가 단순하든 복잡하든 그 사람을 잘 이해하고 있다고 생각할 수 있었다. 그렇지만 안지는 달랐다. 함께 살다 보면 자연스레 알게 되는 부분들은 무엇이든 파악할 수 있는데, 정작 중요한 부분은 아무리 시간이 흘러도 여전히 모르는 상태였다.

"저기, 마토이."

가게 카운터석에 나란히 앉아 있던 안지가 마토이 쪽으로 얼굴을 획 돌렸다.

"뭔가 하고 싶은 말이라도 있어?"

"왜?"

"내 얼굴만 계속 쳐다보고 있잖아."

"그냥 본 것뿐인데?"

안지가 지그시 마토이의 눈을 바라봤다. 이에 질세라 마토이도 시선을 떼지 않는다.

"…… 그런 거라면 상관없지만."

빙긋 웃으며 안지가 말했다.

"하고 싶은 말이 있으면 할 수 있을 때 해두는 편이 좋을 것 같은데?"

안지의 시선은 더 이상 마토이 쪽이 아닌, 예약 확인 중이던 컴퓨터 화면을 바라보고 있다. 그 옆얼굴이 살짝 화가 난 것 같기도, 슬퍼하는 듯도 보였다.

"내일의 '외모' 대여 건은 마토이한테 맡겨 볼까."

저녁밥을 먹는데 사와카가 느닷없이 그런 말을 꺼냈다. 마토이는 막 볼이 미어지도록 닭튀김을 입에 넣었다가 잘못 삼키는 바람에 사레가 들릴 지경이 되었다.

"여기."

옆에 앉아 있던 호노카가 우롱차가 담긴 컵을 건네주었다. 사레들리기 직전에 겨우 목구멍으로 음식을 넘긴 마토이가 쌍둥이 여동생에게 고맙다는 눈빛을 보냈다.

"아무래도 좀 힘들지 않겠어?"

구레하가 이의를 제기했다.

"내일의 예약 건이라면 고등학생 남자애를 원하는 건 맞지만 '비쩍 마른 체형'이라는 조건이 달렸잖아?"

사와카 대신에 안지가 대답했다.

"키는 165cm 이상에 몸무게는 적어도 40kg대 전반, 가능하면 30kg대 후반으로 해달라고 했지."

마토이의 키는 167cm이고 몸무게는 55kg이지만 이래봬도 꽤 마른 편에 속한다.

"거식증 걸리기 일보 직전의 느낌이네."

기가 막힌다는 듯이 구레하가 말했다.

"대체 뭘 하고 싶어서 그런 '비실비실한 남자애의 외모'를 대여하려는 걸까?"

호노카도 그 가냘픈 어깨를 움츠리고 있다. 호기심이 생겼다. 마토이는 꼭 본인이 맡고 싶다고 생각했다.

"비쩍 마른 체형으로만 둔갑하면 되는 거잖아?"

그렇게 말하며 맞은 편에 앉아 있는 안지를 쳐다본다. 최종적으로 외모 대여의 담당자를 정하는 쪽은 안지니까.

"흐음…… 그렇긴 하지. 슬슬 마토이랑 호노카도 다음 단계로 옮겨가도 되려나."

안지는 팔짱을 낀 채 생각에 잠겼다. 덩달아 사와카와 구레하까지 팔짱을 끼고 고민에 빠졌다.

세 사람이 망설이는 데는 이유가 있었다. 마토이와 호노카가 변신 여우가 된 지는 고작 몇십 년뿐이다. 그래서 아직 요력이 약한 데다, 평소 둔갑할 때도 본래 자기 연령대 인간의 모습으로만 가능했다. 사와카와 구레하가 간단히 해내는 만능둔갑술(남녀노소 어느 쪽으로든 둔갑할 수 있는 능력)에는 상당한 요력이 필요한데 비쩍 마른 체형의 고등학생 남자애로 둔갑하는 게 여기에 해당한다.

만능둔갑술 자체는 지금 마토이의 요력으로도 그리 어렵지는 않다. 성별 바꾸기는 아무래도 아직은 힘들지만, 체형을 바꾸는 정도라면 어떻게든 가능하다. 문제는 둔갑한 모습으로 얼마나 버틸 수 있을지가 관건이었다. 지금

의 마토이가 '외모' 대여의 담당자가 되어 만능둔갑술을
끝까지 유지할 수 있느냐 없느냐. 다들 그 점을 염려하는
것이다.

"하긴, 변신 여우에게 만능둔갑술은 영양에 따른 문제
니까."

사와카가 중얼거리는 말을 듣더니 안지도 결심이 선
모양이다.

"영양이라……. 좋아, 내일 '외모' 대여 건은 마토이에
게 맡기자."

괜찮겠냐고 묻는 시선에 마토이는 당연하다는 듯 고개
를 끄덕였다.

◊ ◊ ◊

이제 가볼까. 플랫폼의 벤치에서 일어선 야마시타 유타
는 천천히 개찰구를 향해 걷기 시작했다.

조금 떨어진 앞으로 정장풍의 교복을 입은 고등학생
남자애의 뒷모습이 보인다. 충분한 거리를 둔 채 뒤따라

간다. 개찰구를 벗어나 그가 향한 곳은 버스터미널이었다. 고향에서는 딴 길로 새지 않을 모양이다. 유타는 슬며시 같은 버스에 올라탔다. 그가 앉은 자리에서 조금 떨어진 곳에 선다.

고급주택가로 알려진 지역명이 방송에서 흘러나오자, 그가 정차 버튼을 누르고 자리에서 일어섰다.

다행히 그 남자애 이외에도 버스에서 내리려는 사람이 여러 명이다. 지극히 자연스럽게 유타도 그 대열에 섞일 수 있었다.

그는 해 질 무렵 식욕을 자극하는 냄새가 여기저기 풍기는 주택가를 지나고 있었다. 적당한 거리를 두려고 의식하면서 유타도 앞으로 나아갔다. 이윽고 남자애는 호사스러운 흰 벽의 저택 앞에서 발걸음을 멈추더니 철문의 자동잠금장치를 재빨리 해제한 뒤 부지 안으로 들어갔다.

저기가 녀석의 집인가…….

어쩐지 이해가 간다는 듯한 얼굴로 유타는 새하얀 외벽의 저택을 올려다보았다.

2층의 한 방에 불이 켜진다.

거기까지 지켜본 뒤 유타는 발길을 돌려 왔던 길로 되돌아갔다.

의뢰해 놓고 말문이 막히는 것도 실례되는 이야기지만, 문자 그대로 유타는 할 말을 잃은 상태에서 막 소개받은 소년과 마주하고 섰다.

팔꿈치까지 소매를 걷어붙인 하얀 셔츠 사이로 보이는 팔은 마치 애견용 장난감 뼈 같았고, 자그맣고 뾰족한 턱 아래에 자리한 목은 세로로 쪼개진 고목을 연상시켰다. 검정 슬랙스는 허벅지 부분이 너무 커서 펑퍼짐한 데다, 가녀린 몸통으로 말할 것 같으면 과연 그 속에 내장 기관이 들어갈 자리나 있을지 의심스러울 정도였다.

꿀꺽. 무심코 숨 삼키는 소리를 내고 말았다.

"희망하신 '외모'를 준비해 두었습니다. 어떠세요?"

대학생으로 보이는 젊은 남자가 말을 걸어왔다. 외모에 걸맞지 않게 일개 아르바이트생이 아닌 점장인 듯했다. 유타는 흠칫하면서 당황스러운 시선으로 돌아봤다.

"아, 네. 그게, 바라던 그대로네요."

"그럼, 이 외모로 대여하시겠어요?"

"그럴까요……. 네, 부탁합니다."

"감사합니다. 곧 준비해 드릴 테니 잠시만 기다려주세요."

곧장 절차에 들어가려는 모양이다.

그런데 어떻게? 유타는 고개를 갸웃거렸다. 지금 와 있는 이 가게는 대여점이다. 우연히 사이트를 발견했다가 '외모'도 대여할 수 있다고 해서 흥미가 생겼다. 어떤 시스템으로 운영하는 걸까? 단순한 호기심에 절반은 비현실적인 조건을 달아 대여를 희망한다고 의뢰했더니, 준비해 두었다는 답장이 왔다.

자세한 설명은 아무것도 없었다. 답장에는 그저 예약 일시에 맞춰서 가게로 방문해달라는 내용뿐이었다. 금액도 상식을 벗어날 만큼은 아니어서, 몇 번인가 빌려본 렌터카 때와 별반 다르지 않은 부담감이었다.

문득 소년과 눈이 마주쳤다. 마주 바라보고 선 상태여서 거리가 가까웠다. 원래는 반듯한 얼굴이었을 것 같다고 유타는 생각했다. 현재는 극도로 마른 탓에 팔자 주름이 선명했고 눈두덩도 움푹 패었다.

진짜 인간이…… 맞겠지?

설마하니 대여품으로 개발하여 정교하게 만든 안드로이드 비슷한 뭔가가 아닐까 의심스러워졌다.

상식적으로 생각하자면 의뢰한 조건에 딱 맞는 소년이 여기에 있다는 것 자체가 일단 이상한 데다, 무슨 이유로 이 자리에 함께 있는지조차 이해가 되지 않았다. '외모'를 대여한다는 말을 곧이곧대로 해석한다면 유타 본인이 이 외모로 변신하는 걸 뜻한다. 의뢰한 '외모'에 딱 들어맞는 이 소년은 대체 어떤 역할을 맡은 걸까.

"마음에 드세요?"

불쑥 소년이 말을 걸어왔다.

"뭐라고? 아, 너 말이야?"

"네."

"마음에 든다라……. 그보단 의뢰한 그대로라고나 할까."

소년이 싱긋 웃었다. 웃으니 더욱 팔자 주름이 도드라진다.

"다행이네요, 마음에 드신다니."

안심했다는 듯 소년(마토라는 이름은 나중에 알았다)이 작게 한숨을 내쉬었다.

목적지가 곧 눈앞이다.

그 남자애가 반드시 하굣길에 들르는 슈퍼마켓. 그곳은 유타가 평소에 식료품이나 일용품을 사러 가는 가게이기도 하다.

처음 그를 본 건 대략 한 달 전이었다. 단과자빵을 파는 매장 한구석에서 수상쩍은 행동을 하는 고등학생 남자애를 발견한 유타는 슬며시 모습을 지켜봤다. 그만둬, 그런 짓은 하면 안 돼. 머릿속으로는 연신 이렇게 중얼거리면서……

유타의 감시를 눈치채지 못한 그는 책가방과 함께 어깨에 메고 있던 천으로 된 토트백에 손으로 집은 단과자빵을 재빨리 쑤셔 넣었다. 두 개에 이어 세 개째, 그의 도둑질은 계속되었다. 더는 두고 볼 수 없었던 유타는 즉시 그에게 달려가 단과자빵을 훔치는 데 여념이 없는 손을 덥석 붙잡았다. 노인처럼 야위고 새하얀 손이었다.

유타가 처음 물건을 훔친 건 중학교 1학년 때였다.

과식이 원인이었다. 중학교 입학시험에 실패하고 공립학교에 진학한 뒤부터 식욕을 참을 수 없었다. 아무리 먹어도 포만감이 들지 않았다. 처음에는 성장기라 그런 모양이라며 웃어넘기던 어머니도, 날이 갈수록 둥글둥글해지는 유타의 몸을 보면서 어느덧 미간을 찌푸리게 되었다.

그 후 강제적으로 다이어트를 시작하면서 유타는 극심한 고통에 시달렸다. 군것질 방지를 이유로 용돈마저 끊기자, 먹고 싶다는 욕구를 도저히 억누를 수 없었다. 특히 단과자빵 생각이 머릿속에서 떠나지 않았다. 고소한 버터 향을 풍기는 다디단 단과자빵이 너무 먹고 싶어서 돌아버릴 것만 같았다.

어느 날, 그냥 보기만 하자고 생각하며 유타는 편의점의 단과자빵 코너로 향했다. 열에 들뜬 것처럼 생크림이 들어간 곰보빵을 손에 든 순간까지는 기억이 난다. 정신을 차렸을 땐, 계산도 하지 않은 곰보빵을 가게 밖에서 게걸스레 정신없이 먹고 있었다.

만약 당시의 자신에게 뭔가 말을 해 줄 수 있다면…….

몇 번이나 그런 생각을 했는지 모른다.

그런 짓은 절대 하면 안 돼. 그건 널 기나긴 시간 동안 괴롭히게 될 거야. 부모님과도 사이가 나빠질 테고 학교도 제대로 다닐 수 없게 돼. 모두가 즐겁게 청춘을 만끽하며 빛나는 십 대와 이십 대를 보낼 때, 넌 그 시절을 오직 식욕만을 친구 삼아 보내게 된다고.

"야마시타 씨?"

바로 옆에서 마토이가 얼굴을 가까이 내밀며 쳐다보자, 유타는 반사적으로 화들짝 놀랐다.

"아, 응!"

당황해서 얼굴을 번쩍 들며 바로 옆에 서 있는, 지금은 유타의 모습을 한 마토이 쪽으로 몸을 돌렸다.

"여기 맞죠? 볼일이 있다는 슈퍼마켓이."

"응, 맞아. 그러니까…… 우리는 어느 정도의 거리라면 떨어져 있어도 되는 거지? 슈퍼마켓의 안과 밖 정도는 괜찮을까?"

"그 정도라면 상관없어요."

현재는 유타가 비쩍 마른 마토이의 모습을 하고 있다.

어느덧 익숙해졌다. 마토이와 등을 맞대고 섰는데 점장이 그리 길지 않은 주문 비슷한 것을 외우자 몸이 뒤바뀌었다.

설마 '외모'를 대여한다는 게 말 그대로 빌리고 싶은 외모를 한 인간과 혼을 맞바꾸는 일일 줄은 꿈에도 몰랐다.

신기하게도 '터무니없을 만큼 비현실적인 일이 일어났어!'라는 생각은 들지 않았다. 뭐, 살다 보면 이런 일도 생기기 마련이지. 묘하게도 저절로 수긍하게 되었다.

"그럼, 잠깐 안에 들어갔다 올 테니까 마토이는 여기에서 기다려줘."

"저는, 그러니까 야마시타 씨의 모습을 한 저는 안에 들어가지 않는 편이 좋다는 거죠?"

"뭐…… 그런 셈이지."

"그럼 기다릴게요."

서른여덟의 외모와는 어울리지 않게 생기 넘치는 몸짓으로 마토이가 꾸벅 고개를 숙였다. 유타도 가볍게 인사한 뒤 가게 안으로 발걸음을 옮겼다. 그가 어디에 있을지는 알고 있다. 단과자빵 매대다. 저녁거리를 사러 온 주부

들로 혼잡해지기 조금 전에, 그는 이 슈퍼마켓에 와서 계산도 하지 않은 단과자빵을 토트백 안에 쑤셔 넣고 돌아간다.

저기 있다.

단과자빵 매대에 역시나 그의 모습이 있었다. 한눈에도 심상치 않은 상태라는 걸 알 만큼 야윈 몸으로 덩그러니 서 있었다.

그의 절도 행각을 처음 목격했을 때 유타는 곧장 달려가 엄하게 주의를 시켰다. 두 번 다시 그런 짓을 하지 않겠다며 울면서 용서를 빌던 그를, 유타는 고민 끝에 그대로 눈감아 주었다. 그런데 나중에 다시 같은 장소에서 그를 발견하고 말았다. 유타는 깨달았다. 생판 모르는 어른에게 아무리 주의를 들어봐야 별 소용이 없다는 것을. 오래전의 자신을 떠올려 보면 생각할 필요도 없이 당연한 사실이었다.

"그거 훔치려는 거야?"

유타는 그의 바로 옆에 서서 슬쩍 귓속말을 건넸다. 튕겨 나갈 듯이 놀란 그가 이쪽을 돌아봤다.

"앗."

그 메마른 입술 틈에서 작은 목소리가 새어 나왔다. 자기와 흡사하리만치 비쩍 마른 또래의 남자가 갑자기 말을 걸었으니 놀라는 게 당연했다.

그는 뒷걸음질 치더니 갑자기 출입구를 향해 뛰어가기 시작했다.

널따란 주차장으로 도망가는 그의 뒤를 쫓으며 유타가 크게 외쳤다.

"기다려! 도망가지 말고 내 이야기 좀 들어봐!"

"야마시타 씨?"

출입구 근처에서 기다리고 있던 마토이도 갑작스레 일어난 일을 눈치채고 뒤쫓아 왔다. 확실히 건강 상태가 좋지 않은 탓에 그는 곧 지쳐버렸는지 주차장 한가운데에 주저앉았다. 스르르 고개를 들더니 처음에는 유타의 얼굴을, 그다음에는 마토이의 얼굴을 본다.

"으악."

비명을 질렀다. 마토이의 혼이 들어간 유타의 얼굴을 기억해 낸 것이리라. 아스팔트 위를 기어가듯 도망치는 그를 향해 재빨리 유타가 외쳤다.

"이 아저씨도 섭식장애가 있었대!"

그가 멈칫했다.

"증상이 나타나던 중학교 1학년 때부터 서른두 살이 될 때까지 이십 년 가까이 고통에 시달렸는데…… 이젠 완전히 병을 극복해내서 스포츠클럽에서 강사로 일하고 있어. 이 아저씨는 그런 사람이야!"

그렇게 말하며 유타가 가리킨 사람은 보기 좋게 단련된 건강한 몸을 한 남자였다. 오랜 시간을 들여 얻게 된, 유타의 자랑스러운 몸이 거기에 있었다.

◊ ◊ ◊

된장국 7인분이 식탁에 차려졌다.

"자, 먹자."

분담해서 상을 차려내는 사이에 안지도 자리에 앉았다. 어느새 식탁에는 현미밥과 무장아찌도 각각 7인분씩 차려져 있었다.

"잘 먹겠습니다."

안지가 두 손을 모으며 외치자, 오바타 렌을 제외한 모두가 따라서 복창했다. 렌은 마토이의 옆에 앉아 있었다. 젓가락을 손에 쥔 채 안지가 말했다.

"렌은 그냥 보고만 있어도 되고 먹을 수 있을 것 같으면 먹어도 돼. 편한 대로 하면 되니까."

작고 뾰족한 턱을 간신히 움직이며 렌이 고개를 끄덕였다.

"이 사람도 섭식장애가 있었대!"

유타가 크게 외치며 본래 유타의 모습을 한 자신을 가리켰을 때, 마토이는 이제까지의 행동이 뜻하는 바를 모두 이해했다. 게다가 유타가 앞뒤를 따질 겨를도 없이 임기응변으로 그렇게 소리쳤다는 사실도. 그래서 대신 마토이가 '그다음 말'을 재빨리 생각해냈다.

"그래, 나도 섭식장애로 고생했던 사람 중 하나야. 그래서 너희들을 잘 이해할 수 있어. 괜찮다면 내가 너희들이 병을 극복할 수 있도록 도와줘도 될까?"

마토이는 그렇게 말하며 슬며시 유타에게 시선을 보내 장단을 맞추도록 부추겼다.

"마, 맞아. 난 지금 이 아저씨한테 여러 가지로 도움을 받고 있는데……."

자신과 같은 상황인, 그것도 또래가 하는 말이었기에 마음을 연 건지도 모른다. 고개를 숙인 채 녹초가 된 목소리로 렌이 중얼거렸다.

"도와주실 수 있어요? 저도……."

안지에게는 미리 연락을 취해서 대강의 사정과 세 사람이 함께 가게로 돌아올 거라는 사실을 전달해 두었다. 돌아오면 곧장 유타와 마토이의 몸을 원래대로 되돌려 놓기로 미리 간단히 상의도 했다. 물론 어느 쪽도 렌이 눈치채지 못하도록 슬쩍.

마토이와 유타가 어떻게 만나게 됐는지는 즉석에서 이야기를 만들어 냈다. 우연히 대여점의 손님으로 온 두 사람은 마침 그 자리에 함께 있었는데, 마토이의 비쩍 마른 몸을 보고 걱정이 된 유타가 먼저 말을 걸어서 도움을 받게 되었다고. 그리고 이제부터는 마토이가 밥 먹는 모습을 렌에게 보여주는 것이다.

안지의 제안이었다. 의외로 안지는 섭식장애에 관한 전문 지식을 가지고 있었다. 대학에서 영양학도 수강하고 있다나.

섭식장애는 여성이 자주 걸리는 병이기는 하지만 남성에게도 나타날 수 있다. 특히 사춘기 남성이 걸리기 쉽다. 게다가 여성 특유의 병이라는 인식 때문에 올바른 치료를 받지 못하는 경우도 적지 않다고 한다. 바로 유타의 경우가 그랬다. 정신건강의학과의 진료를 꺼린 어머니는 유타스스로 노력해서 먹을 수 있게 되기를 바랐다.

도둑질을 끊지 못하는 제2의 의존증에도 시달렸던 유타는 서른두 살 무렵에 전환점을 맞았다. 그의 절도 행각을 우연히 목격한 한 여성이 말을 걸어 왔던 것이다. 직업이 영양사였던 여성은 유타의 행동이 섭식장애와 연관이 있는 것 같다고 콕 짚어 알려 주었다. 제대로 치료받으면 둘 다 나을 가능성이 있다고도 했다. 유타는 그제야 올바른 치료를 받기 시작했고 6년이라는 시간을 들여 섭식장애를 극복했다. 그 6년 동안 도둑질은 끊었고, 당시의 영양사 여성은 현재 유타의 아내가 되었다.

그런 사정이 있었기에 유타는 지나가다 우연히 목격한 렌의 절도 행각을 모른 척할 수 없었다. 자신이 도움을 받은 것처럼 렌에게도 조언해 주고 싶었으리라. 일부러 '외모'를 대여까지 해가면서. 이제는 안지가 유타의 그 마음을 지지하고 있었다. 렌을 도와주고 싶어 하는 유타를 위해 이 식사 자리를 마련한 것이다.

"음, 맛있겠다."

만능둔갑술을 유지한 채로 마토이는 우선 된장국을 한입 먹었다. 지친 몸에 육수의 감칠맛이 스며들 듯 번졌다. 그다음 현미밥을 조금 떠서 그 위에 장아찌를 살짝 올린 뒤 입으로 가져갔다. 가능하면 게걸스럽게 먹지 않으려고 조금씩만 집었다. 그런 마토이의 모습을 렌이 뚫어져라 바라봤다. 믿을 수 없는 장면을 보고 있다는 눈빛으로.

유타의 도움으로 이렇게 먹을 수 있게 된 거라고 여겨주기만 한다면 오늘은 이걸로 충분했다.

된장국 그릇 너머로 안지와 시선이 마주쳤다. 조마조마

해하는 눈치였다. 아직 괜찮아? 좀 더 버틸 수 있겠어? 그렇게 묻는 눈빛이었기에 마토이도 눈으로 대답했다.

'괜찮아.'

유타와 렌을 배웅하고 난 뒤, 완전히 어두워진 가게 앞에서 어깨를 나란히 한 채 안지가 마토이의 등을 부드럽게 쓰다듬었다.

"이젠 원래 모습으로 돌아와도 돼."

마치 그 말이 마법이 풀리는 주문이라도 되는 것처럼 어린 여우의 모습으로 돌아온 마토이는 입고 있던 옷 속으로 스르륵 미끄러지듯 빠져나갔다. 뭉쳐진 하얀 셔츠 속에서 머리만 쏙 내민다.

"진짜 고생 많았어."

안지가 쭈그리고 앉아서 얼굴을 가까이 댄다.

"안지도."

그런 마토이의 말에 안지는 무척 놀란 표정을 짓는다.

"내가?"

당연하지 않은가. 집으로 돌아가는 길에 렌이 직접 유

타에게 연락처를 물은 것도, 두 사람이 함께 집에 돌아간 것도 안지의 작전이 잘 먹혀든 덕분이니까.

늘 그렇듯 안지는 타인을 위해서 망설임이 없다. 자기 목숨을 내어주면 누군가를 구할 수 있다는 말을 들어도 주저하지 않을 것 같다. 필요하다면 얼마든지, 하며 웃는 얼굴로 자기 목숨까지 내어줄지도 모른다.

이런 성격 또한 인간의 단순함이라고 말할 수 있으리라. 한편으로는 그런 단순함의 영역을 초월한, 인간답지 않은 면도 느껴진다. 역시 안지란 사람은 잘 모르겠다.

문득 마토이는 이런 생각이 들었다. 변신 여우로서 만능둔갑술을 가능하게 만드는 게 영양 상태에 따른 것이라면, 마토이가 사람으로서 살아갈 수 있도록 해 주는 건 안지가 아닐까. 안지를 이해하고 싶다는 마음. 바로 그것이리라.

대여 계약 ⑦

가토 미오리
여, 26세

전혀 다른 사람이 되고 싶다면, '외모'를 대여해 보세요.

소노지가 했던 말이 지금에 와서 생각날 때가 있다.

"구레하는 어떤 게 가장 최고의 복수라고 생각해?"

"상대를 죽이는 거."

"틀렸어."

"죽을 때까지 괴롭히는 거."

"그것도 아냐."

구레하가 초조한 얼굴을 하자, 피식 웃으며 소노지가
대답했다.

"이 세상에서 최고의 복수가 뭐냐면……."

"오."

사와카의 입에서 감탄 섞인 목소리가 새어 나왔다. 자
기도 모르게 구레하도 흐뭇한 표정을 짓는다.

"의외로 잘 어울리네."

오동나무 상자 안에 보관해두었던 소노지의 몇 안 되
는 유품인 기모노 세 벌과 말년에 걸치던 얇은 은테 안경을 호노카가 꺼내 왔다.

"할아버지는 옛날 사람치고 키가 큰 편이었나 봐."

기장이 꼭 맞는 삼베 재질의 기모노를 입은 채 거울을 바라보며 안지가 가만히 중얼거렸다.

"내 키도 작은 편은 아닌데."

가게 한쪽 구석에 손님용으로 놓은 커다란 전신 거울 앞이었다. 구레하, 사와카, 마토이, 호노카 모두가 안지 주변에 모여 있었다.

빙 돌아서 안지의 앞에 선 호노카가 소노지의 안경을 건넸다.

"안지, 이거 써봐!"

시키는 대로 안지는 늘 걸치던 안경을 벗고 건네받은 것을 썼다. 그러더니 도수가 너무 높다며 야단법석이다.

언뜻 보면 소노지의 젊은 시절과 닮아 보인다. 세세히 뜯어본다면 소노지 쪽이 좀 더 빈틈없고 당당한 분위기를 풍겼다. 그에 비하면 안지는 어딘가 다부지지 못한 구석이 있어서 돌풍이라도 불면 한없이 휘청일 것처럼 보인다.

"축제 정말 기대된다!"

그렇게 말하며 변신 여우들의 얼굴을 번갈아 바라보는 호노카도 이미 유카타 차림이다. 푸른 바탕에 하얀 수국이 아름답게 그려진, 호노카가 좋아하는 옷이다. 마토이도 진한 감색에 하얀 대나무 잎이 퍼져 있는 운치 있는 유카타를 맵시 있게 입고 있다.

"근데 정말 사와카랑 구레하는 안 입을 거야? 소노지의 기모노, 아직 두 장 남았는데."

미련이 남은 호노카가 다시 같은 질문을 했다. 구레하는 말없이 그저 고개를 흔들었고 사와카는 "끈질기긴" 하며 외면했다.

"소노지의 물건을 사용해도 좋은 사람은 안지 뿐이라고."

어디까지나 소노지는 주인이다. 소노지의 물건은 하나도 빠짐없이 그 후계자인 안지의 것이다.

"그럼 사와카와 구레하는 대여용 유카타를 입어도 되잖아. 응? 얼른얼른."

호노카는 어떻게 해서든 다 같이 유카타를 입고 오늘

밤의 불꽃놀이 축제에 놀러 가고 싶은 모양이었다.

"그럼 가게는 누가 보냐. 축제는 너희끼리 다녀와."

"아이참, 오늘은 일찍 가게 문을 닫아도 되잖아. 손님들
도 이해할걸? 축제니까."

철없는 여동생을 보다 못한 마토이가 호노카의 등을
밀며 현관을 향해 걸어갔다.

"사와카랑 구레하도 마음이 내키면 온다잖아."

그렇게 안심시키면서.

일찍이 여우술사는 의뢰인으로부터 정당한 대가를 받
고 사업의 번창이나 가정의 안정을 돕는 일을 가업으로
해왔다.

예를 들면 대규모 상가에서 단골로 만들고 싶은 손님
이 있다는 의뢰가 들어온 경우, 기척을 없앤 여우가 손님
의 집 안으로 들어가 손님의 취향을 파악해 온다. 그런 다
음 가게에서 손님 마음에 쏙 들 만한 물건을 되풀이해서
추천해 주면 대부분 그 가게를 단골로 삼게 된다.

어느 부모로부터 내성적이고 말주변이 없는 딸의 혼담

을 잘 성사시키고 싶다는 의뢰가 들어왔을 때는 다음과 같이 일을 처리한다. 다른 아가씨의 모습으로 둔갑한 여우가 미리 혼담 상대를 유혹한다. 처음에는 즐겁게 사귀다가 머지않아 제멋대로 굴며 남자가 이 아가씨에게 싫증을 느끼도록 만든다. 그 후 혼담을 통해 얌전하고 차분한 딸과 만나면, 남자는 이런 아가씨야말로 본인의 취향이라는 확신을 자연스레 갖게 되는 것이다.

시대를 거슬러 올라가면 국정을 좌지우지하는 의뢰가 들어온 적도 있었다. 때로는 도리에 어긋나는 일도 했다. 속세의 변화에 따라 의뢰 내용도 바뀌어 왔다.

물론 여우술사가 기민해야 임무를 잘 완수해 낼 수 있다. 자기가 부리는 변신 여우들의 능력을 파악해서 의도한 결과를 얻기 위해 어떻게 사용할지 지시를 내리는 쪽은 여우술사니까.

여우술사의 존재는 고귀한 가문이나 유명한 상인 집안 사이에서만 알려져 있었기에 결코 표면에 드러나는 일 없이 그 삶을 가늘고 길게 이어올 수 있었다. 여우술사의 능력은 자기 자식 단 한 명에게만 물려줄 수 있다. 유일한 후계자인 피를 나눈 자식만이 대를 잇는다. 후계자가 없다면 여우술사의 능력은 그대로 소멸한다. 그러한 까닭에 여우술사의 수는 서서히 줄어들었고, 소노지가 대를 이어받을 무렵에는 이미 손에 꼽을 정도의 수밖에 남지 않았다. 안지가 현재 남아 있는 단 하나의 여우술사라 해도 이상하지 않다.

어느덧 구레하는 안지가 최후의 주인이 될지도 모른다고 생각하게 되었다. 그런 생각이 강해질수록 대수롭지 않은 일상이 애틋해진다.

카운터에서 팔꿈치를 괸 채 구레하는 피식 웃었다. 며칠 전 축제를 구경하러 나가는 안지 일행을 배웅하는 일에서조차 행복을 느꼈다는 사실이 떠올라서다. 그런 건가. 퍼뜩 깨닫는다. 이미 난 완전히…….

갑자기 습기를 머금은 바람이 살랑 불어왔다.

고개를 드니 어느 틈엔가 현관문이 열려 있었다. 서쪽 하늘에서 붉게 타오르는 석양이 열린 문틈 사이로 비쳤다.

구레하는 눈을 가늘게 떴다. 그대로 문 쪽을 바라봤다. 어스레한 풍경을 뒤로하고 여자 한 명이 서 있었다.

'가토 미오리인가……'

가까이에 놓인 예약 리스트에서 이름을 확인했다. 며칠 전 들어온 '저쪽'의 예약 손님이다. 구레하는 이미 사전에 의뢰받은 '외모'로 둔갑한 채 가게를 지키고 있었다. 미오리가 조용히 문을 통과해 이쪽으로 다가왔다. 어두운 눈빛이 잠시 구레하를 향하나 싶더니 금세 시선을 피하고 만다. 어째선지 그 순간, 불현듯 구레하의 마음속에 그날 밤이 되살아났다. 완수할 기회를 잃은 채 오랜 시간 가슴속에 복수를 품게 된 그 밤이. 일순간 눈앞이 새하얘졌다.

다짜고짜 그날의 기억으로 되돌아갔다. 벌써 수십 년이나 지난, 머나먼 옛날의 그 여름밤으로.

소노지가 사라졌다.

그 사실을 전해 들은 순간 구레하는 곧장 알아차렸다. 그 녀석들 짓이다.

전쟁 이후의 혼란을 잘 이겨 낸 대지주의 부모 밑에서 손 하나 까딱하지 않은 채 방탕한 나날을 보내고 있는 멍청하고 탐욕스러운 그 아들들.

소노지를 고용한 것은 부모였지만, 만능이라고도 할 수 있는 능력을 지닌 여우술사의 존재를 알게 된 세 아들은 그 힘을 자신들이 독차지하리라 마음먹었다. 혈연관계가 아닌 완전한 타인이, 그저 욕망에 사로잡혀 빼앗을 수 있는 능력이 아니란 걸 알려고도 하지 않은 채.

당시 구레하는 소노지의 명령으로 어느 다도가에게 고용되어 잠입하고 있었다. 벌써 한 달 가까이 둔갑을 이어 온 데다, 유별나게 육감이 뛰어난 사람 가까이에서 지낸 탓에 상당한 요력을 소모한 상태였다. 그때 날아든 소식이었다.

사람들의 시선은 아랑곳하지 않은 채 저택으로 뛰어들어 온 사와카는, 휙 채 가듯 구레하를 데리고 나갔다. 함께 살아온 수백 년의 세월 동안 그토록 쩔쩔매는 사와카를 본 적이 없었다. 그 이전에도 이후에도.

"그 집안의 별장에 창고가 있었지. 아마 거기로 끌고 간 것 같아."

이미 사와카도 소노지의 신변에 무슨 일이 일어났다는 걸 알아차린 모양이었다. 별장이 위치한 곳은 수많은 재계인사나 학자, 예술가들이 모이는 유서 깊은 휴양지였다. 둘은 서둘러 그곳으로 향했다.

땅거미가 지는 산속에서 다실 풍으로 지은 멋진 별장을 올려다보며 단번에 구출 계획을 짰다.

"내가 인간으로 둔갑해서 창고 문을 열게 할 테니까 구레하는 그 틈에 기척을 지우고 안으로 잠입해."

"좋아."

별장 뒤편으로 돌아가자 창고 측면에 달린 자그마한 창의 열린 틈으로 희미하게 불빛이 새어 나왔다. 여기다. 사와카와 서로 눈짓을 주고받은 뒤 곧장 행동으로 옮겼다.

"도련님, 잠시 실례하겠습니다."

사와카가 하얀 벽에 꼭 맞게 끼워진 육중한 나무 문을 두드렸다.

"누구냐."

목소리가 들렸다.

"여우입니다."

대답하자 문이 열렸다. 얼굴을 비친 이는 셋째 아들이었다. 끈적끈적한 눈으로 사와카를 바라봤다. 기척을 죽인 채 무색투명한 여우가 된 구레하가 그 발밑을 스르르 빠져나갔다.

"제 주인이 이곳에 있나 싶어서 여쭤보러 왔습니다."

"들어와라."

셋째 아들이 거만하게 턱을 치켜올렸다. 사와카가 창고로 발을 들여놓자 동시에 구레하도 어둑한 안으로 들어갔다. 셋째 아들이 발밑을 신경 쓰는 기색은 없었다.

촛불에 둘러싸인 공간에서 장남과 둘째 아들의 얼굴 윤곽이 눈에 들어왔다. 소노지는 어디 있지. 시선을 돌리던 순간, 구레하는 자기도 모르게 숨을 멈췄다. 장남의 몸 아래로 아직 앳된 모습이 남아 있는 주인의 얼굴이 보였기 때문이다.

무심코 기척을 드러낼 뻔하다가 가까스로 참아 낸 뒤 눈앞의 광경을 주시했다. 시대에 뒤처진 기모노 차림의 소노지가 마루에 엎드린 채 쓰러져 있었다. 그 등에 장남이 올라탄 상태였다. 손에 쥔 일본도의 칼날을 소노지의 어깨에 꽉 누르면서.

등 뒤로 손이 묶인 소노지가 천천히 고개를 들었다. 사와카를 보더니 이어서 구레하도 봤다. 자기가 부리는 '여우'의 모습을 주인이 보지 못할 리 없었다. 설령 완전히 기색을 감추고 있어도.

"방금 들었다. 너희들은 주인인 여우술사의 말만 듣는다면서?"

장남이 히죽히죽 웃으며 말했다. 냉혹해 보이는 가느다란 눈에는 사와카만 보일 뿐이다. 기척을 감춘 채 무색투명의 상태인 구레하 쪽은 쳐다보지도 않는다.

"우리 명령은 따르지도 않을뿐더러 그럴 수도 없다고 이 꼬마가 그러던데."

장남 옆에서 책상다리를 한 채 앉아 있던 둘째 아들이 짧게 깎은 소노지의 머리를 부드럽게 쓰다듬었다.

"그런 거라면 승복할 수밖에 없겠지. 너희들을 소유하는 건 포기하겠다. 대신 이 아이를 사육할 생각이야."

장남이 소노지의 어깨를 누르고 있던 일본도를 살짝 움직였다. 삼베로 된 기모노의 어깻죽지가 스르르 찢어졌다. 선으로 그은 것처럼 하얀 피부에서 피가 배어나자 소노지의 미간에 주름이 졌다.

"팔을 자르고 다리도 자를 거야. 이 창고에서 우리의 보살핌 없이는 살아갈 수 없도록 만들어서 이 아이를 사육하는 거지. 앞으로는 오직 우리 명령을 전달하기 위해서만 살아가는 거야."

변신 여우 자체를 소유할 수 없다면 그 주인을 수중에 넣으면 된다. 여태껏 그런 사고방식을 가진 인간이 없었던 건 아니다. 다만, 구레하가 기억하기로 이렇게까지 사악한 방법을 생각해 낸 자는 단 한 명도 없었다. 옛날 인간들은 '여우는 부정을 타는 존재'라고 믿었던 탓이다. 대개는 주인을 신처럼 섬기면서 여우들을 통제하려고 했다. 지난날의 전설 따위, 이 어리석기 짝이 없는 세 아들에게는 고작 코를 풀고 버리는 휴지 정도의 의미일 뿐이리라. 여우의 뒤탈 같은 건 두려워할 일도 아니라는 듯이 사와카에게 의기양양한 미소를 던지고 있다.

장남이 사와카에게 재차 확인했다.

"이 아이에게는 복종하는 거지?"

사와카는 아무런 반응이 없었다. 대신 구레하가 머릿속으로 대답했다. 네놈은 소노지를 몰라. 자기 뜻에 어긋나는 용도로 여우들을 부리게 된다면 굶어 죽는 쪽을 선택할 거야. 소노지는 그런 사람이다.

"불쌍하게도 말이야, 우리 집 고용인들을 잘 따랐던 모양이더군. 고용인들에게 돈 좀 쥐여 줬더니 손쉽게 데려올 수 있었어."

눈곱만큼도 안쓰러워하는 기색이 없는 얼굴로 둘째 아들이 말했다. 구레하는 놀랐다. 그 친절했던 사람들이……. 소노지도 그 집 고용인들에게는 유별나게 마음을 여는 눈치였다.

배신한 건가…….

시야가 뒤틀릴 만큼 분노가 치솟았다.

"이제 시작해 볼까."

장남이 칼날의 각도를 바꿨다. 사와카가 움직이려 하자, 즉각 둘째 아들이 으름장을 놓는다.

"방해하면 목이 날아가."

맴맴맴맴매앰…….

어디선가 지독하게 매미 우는 소리가 들렸다.

◊ ◊ ◊

시골 친척 집에 모이면 누가 먼저랄 것도 없이 꺼내는 그 고장의 옛날이야기가 있었다.

여우에 얽힌 전설로 마지막에는 소름 돋는 결말이 기다리고 있는, 이른바 괴담이라 불리는 이야기다. 훗. 미오리는 소리 없이 웃었다. 어린 시절에는 굉장히 무서워하던 이야기였는데. 지금은 조금도 무섭지 않다. 이 세상에는 그런 이야기보다 무서운 것투성이라는 걸 이젠 알기 때문이다.

그러고 보니 어느새 이십 대도 중반이 지나고 말았다. 즐겁다거나 행복하다는 느낌도 없이 하루하루를 되풀이하면서 그저 나이만 먹어가는 현실이, 지금의 미오리에게는 더 두렵다.

별생각 없이 '복수'라는 단어를 검색해 보았다. 어느 정보에도 전혀 흥미가 생기지 않아서 하염없이 스크롤바를 내렸다. 그러다 문득 손가락이 멈췄다.

"외모 대여점…… 변신 가면?"

건조하기 짝이 없는 그 사이트에 어째선지 강렬하게 마음이 끌렸다.

"예약하셨나요?"

오래된 주택을 개조한 듯한 가게 안으로 발걸음을 옮긴 순간 누군가 말을 걸어왔다. 가게 안쪽, 통나무로 된 현대적 분위기의 카운터 너머로 키가 큰 점원이 있었다. 검은색 무지 상의를 편하게 걸친 모습은 지방 도시의 대여점에는 어울리지 않을 만큼 세련돼 보였다.

"예약은 안 했는데요……."

미오리는 그렇게 대답하며 카운터로 다가갔다. 십 대 시절의 자신이 이토록 잘생긴 젊은 남자와 마주했다면 틀림없이 주뼛거렸으리라. 지금이야 기대하는 바가 전혀 없으니 태연하다.

"뭔가 필요한 게 있으신가요?"

"잠깐 여쭤보고 싶은 게 있어서요."

"아, 그러세요. 편하게 말씀하세요."

"'외모'를 대여할 수 있다고 사이트에서 봤는데요."

"네, 가능합니다."

몇 개 정도 질문을 던졌다. 지극히 간단한 질문들뿐이었다. 질문을 마치자 미오리는 그 자리에서 대여 예약을 했다.

지나는 길에 멈춰 선 쇼윈도 앞.

유리에 반사되어 비치는 자기 모습에 그만 시선이 멈춘다.

완벽해. 미오리는 생각했다. '혼혈처럼 보이는 생김새의 키가 큰 이십 대 남자'. 지금 미오리는 동료 사에코가 이상형이라고 떠들어 대는 젊은 남자 배우와 쏙 닮은 모습을 하고 있다.

한 시간쯤 전에 막 대여해 온 '외모'다. 바로 옆에는 본래 미오리의 모습을 한 구레하가 있다. '외모 대여점'의 종업원이다. 대여하는 동안에는 혼을 맞바꾼 종업원과 일정 거리를 유지한 채 동행하는 게 조건이었다.

처음 '외모 대여점'에 방문했을 때 미오리는 그 조건에 관해 몇 가지 질문을 했다. 식사 모임에 함께 있어도 되는

지, 그때 부탁하는 대사를 말해 줄 수 있는지. 만에 하나 외모를 대여한 사실이 들통날 위기에 처했을 때 모면할 수 있게 도와주는 건지도. 어떤 질문이든 납득이 가는 대답을 해 주었기에, 미오리는 지금 이렇게 '외모'를 대여해서 목적지로 향하고 있다. 몇 번이나 가본 적이 있는 카페다. 거기에서 사에코와 만나기로 했다.

"아, 미오리. 여기야!"

먼저 자리를 잡고 있던 사에코가 한 손을 들면서 가볍게 일어서는 모습이 보였다.

"늦어서 미안."

현재는 미오리의 외모를 한 구레하가 준비해 온 대사를 말하면서 자리에 앉았다.

"아냐, 괜찮아, 괜찮아."

사에코가 구레하를 향해 활짝 웃는다. 그쪽이 자기 동료인 미오리라고 생각하고 있기 때문이다. 그런데도 처음 만나는 미오리의 동행자(이쪽이 진짜 미오리일 거라곤 꿈에도 생각하지 못한 채) 쪽을 의식하고 있는 게 티가 난다.

"갑작스레 점심 식사 자리에 오시게 해서 죄송합니다."

미오리의 붙임성 좋은 말에 사에코가 요란스레 양손을 얼굴 옆에서 흔들었다.

"어머, 별말씀을요."

"만나 뵙게 되어 반갑습니다. 미오리한테 말씀은 많이 들었어요."

일주일쯤 전부터 넌지시 이야기를 해두었다. 요즘 다니는 헬스클럽에서 알게 된 사람이 있는데 사에코의 이상형에 가깝게 생겼다고.

적당히 세상 돌아가는 이야기를 한 뒤 예정대로 구레하가 자리에서 일어섰다.

"지금부터 볼일이 좀 있어서. 괜찮으면 두 사람은 천천히 이야기 나누다 가."

"어머, 뭐야, 가려고?"

사에코가 살짝 곤란하다는 듯한 말투로 묻는다. 그러면서 눈가는 미세하게 웃고 있다. 미오리는 생각했다.

'좋았어.'

두 번째 대여는 미리 인터넷으로 예약했다. 절차는 이

미 다 알고 있기 때문이다.

딱히 수상쩍어하는 낌새도 없이 점장 아즈마 안지로부터 두 번째 이용에 대한 감사의 말이 담긴 답장을 받았다. 두 번째 대여로 의뢰한 외모는 '청초하고 귀여운 여고생'이었다.

대여 당일, 미오리는 집에서 가장 가까운 역과 바로 연결된 터미널 상가로 향했다. 저녁나절이면 분명 휴식 공간의 소파에서 따분하다는 듯 진을 치고 앉아 있을 고등학생 남자애들에게 말을 걸기 위해.

"수상한 아저씨가 쫓아오고 있어요. 도와주세요!"

고등학생 남자애들은 재미날 정도로 간단히 정의로운 영웅이 되어 '청초하고 귀여운 여고생'을 보호하여 역까지 데려다주었다. 아니나 다를까, 미오리의 의도대로 굴러갔다.

그 뒤로 두 번 더 각각 다른 '외모'를 대여한 미오리는 '외모 대여점'의 이용을 뚝 끊었다. 그 뒤 점장 안지가 메일을 보내왔으나 답장은 하지 않았다.

메일에는 이렇게 쓰여 있었다.

언제 한번 만나 뵙고 싶습니다.

초라한 학교생활이었다.

중학교도, 고등학교도, 그리고 대학교도. 늘 미오리는 자신이 초라하다고 생각하면서 하루하루를 보냈다.

초등학교 시절에는 초라하다는 사실조차 느끼지 못할 만큼 둔감했던 터라 태평하게 지낼 수 있었던 것뿐이다. 지금 생각해 보면 눈에 띄지 않는 여자로 살아가는 인생은 이미 그 시절부터 시작되고 있었다. 뛰어나게 예쁘지도 않고 엄청나게 못생기지도 않은 외모. 그게 잘못이었다. 오랫동안 미오리는 자기 외모가 그럭저럭 괜찮은 편이라고 믿어 왔던 것이다.

그 무엇보다도 예쁜 외모가 우선시되는 중학교 시절, 처음으로 현실을 깨달았다.

당시 반에서 주도권을 잡고 있던 남학생들은 예쁘다고 생각하는 여학생을 1등부터 순서대로 순위를 매기며 평가하곤 했다. 미오리는 순위권 밖이었다. 게다가 중간도 아닌 꽤 하위권. 눈을 의심했다.

그때까지도 그럭저럭 자신은 괜찮은 얼굴이라고 생각해 온 미오리 입장에서는 마른하늘에 날벼락이나 마찬가지였다. 그런데도 반 남자애들은 튀는 여자애들을 좋아해서 그런 거라며 여전히 자기변호가 가능했다. 자신은 성숙해 보이는 탓에 불리했던 것뿐이라고.

그로부터 얼마 지나지 않아 거리에서 우연히 마주친 고등학생 무리가 스쳐 지나가는 순간, 이런 말을 내뱉고 간 적이 있었다.

"못난이!"

잘못 들은 건가 싶어 뒤돌아보니, 상대편도 미오리를 돌아본 채 못을 박듯이 웃어 보였다. 너 말이야, 너, 하고 말하는 것처럼.

미오리는 완전히 자신감을 잃어버렸다. 그건 집단생활에서의 강력한 무기 하나를 상실해 버린 것과도 같았다. 무엇을 하든 늘 불안이 떠나지 않았다. 이런 말을 해도 괜찮은 걸까. 주제도 모르고 나댄다고 생각하면 어쩌지. 아냐, 이 상황에선 분명 당당하게 행동하는 편이 좋을 텐데……

자신감이 없는 상태에서 취하는 태도는, 어떨 때는 비굴해 보이고 때로는 건방져 보였다. 당연하게도 미오리와 주변 사람과의 관계는 틀어져 있었다.

그러다 대학 입학을 계기로 사람 대하는 방식을 조금은 공부하게 되었다. 자신을 드러내지 말 것. 그것만큼은 철저하게 주의를 기울였다. 앵무새처럼 상대의 언행에 맞출 것. 이때 절대 자기의 의견이나 취향, 희망은 말하지 않는다. 미오리 나름대로 수행을 거쳐 입사한 자그마한 상사에서는 그럭저럭 동기 여자들 그룹에 들어갈 수 있었다.

스스로도 이상하다는 생각이 든다. 초라했던 중학교와 고등학교 시절도 이젠 과거의 일이 되었고, 대학 시절에 전반적으로 태도를 바꾼 뒤로는 그냥저냥 남들과 같은 나날을 보낼 수 있게 되었다. 그런데도 마음속 어딘가가 괴사해 버린 것처럼 어떤 일에도 마음이 동하지 않는다. 왜 남자친구를 사귀지 않느냐는 말을 들어도 속으로 콧방귀를 끼고 만다. 남자친구? 그런 게 왜 필요한데?

도무지 행복한 자기 모습을 상상할 수 없었다. 간절히

바라던 친목 그룹 안에 들어가 함께 어울려도 전혀 행복하지 않았다. 업무에서 보람을 느끼는 것도 아니고 이렇다 할 취미도 없다. 아무도 불러내지 않는 휴일에는 그저 빈둥거리며 보낼 뿐이다. 그런 일상을 어떻게든 바꾸고 싶다는 생각조차 하지 않는다.

마음이 죽어 버렸다.

그때의 인기투표 때문에. 누군가 스쳐 지나가며 내뱉었던 '못난이!'란 말 때문에. 자신감을 잃어버린 뒤 스스로 취한 행동과 입에 올린 말, 그리고 이에 맞서 되돌아온 무수한 반응들 때문에.

죽어 버렸다. 내 마음은 이제 살아 있지 않다.

또 왔네.

아즈마 안지에게서 다시 메일이 와 있었다. 만나고 싶다고. 용건은 쓰여 있지 않았다. 하고 싶은 말이 있다는 말밖엔.

눈치챈 걸까. 대여한 '외모'를 이용해 복수를 실행했다는 걸. 설마. 눈치챌 리 없잖아. 그 복수는 본인이 아닌 이상 누구도 알아차릴 수 없는 거니까.

불현듯 기억이 되살아났다. 처음 대여하던 무렵, 동행했던 '외모 대여점'의 종업원이 이상한 말을 건넸다.

"……외모 대여를 범죄 행위에 이용해서는 안 된다는 약속, 기억하시죠?"

둘이서 사에코가 기다리는 카페로 가는 길에 불쑥 이렇게 물었다.

"물론이죠."

미오리의 대답에 '외모 대여점'의 종업원 구레하도 알겠다며 깨끗이 수긍했지만, 당시 그가 보인 의미심장한 시선이 어째선지 마음에 걸렸다.

거짓말은 하지 않았다. 대여한 '외모'를 이용해서 한 일이 미오리에게 조금의 이익도 가져다주지 않았으니까. 누군가를 식칼로 상처 입히고 도망가거나 한 일도 없다. 설령 경찰에 신고한다 해도 거리낄 게 없다며 당당히 말할 수 있다. 그저 미오리는 복수를 한 것뿐이다. 자신만이 아는 방법으로.

그 남자가 알아챌 리 없잖아. 그런데도 구레하는 뭔가

를 의심하고 있었다. 그래서 범죄 행위에 이용하면 안 된
다는 약속을 확인하고 의미심장한 시선을 보낸 것이리라.
급기야는 점장인 아즈마 안지에게 뭔가 보고한 듯했다.
그렇지 않고서야 반복해서 메일을 보낼 이유가 없었다.
만나서 이야기를 하고 싶다니.

…… 답을 해야 하나.

미오리는 고민하기 시작했다.

아귀가 잘 맞지 않는 문을 열고 미오리는 슬며시 '무엇
이든 대여점 변신 가면' 안으로 들어갔다.

"기다리고 있었어요."

반겨준 이는 은테 안경에 부스스한 머리를 한 점장 아
즈마 안지였다. 카운터 맞은편에 서서 생글생글 웃으며
미오리를 바라보고 있었다.

"앉으세요."

그의 손짓에 따라 카운터 앞 스툴에 앉았다.

"잘 지내셨나요?"

"네……. 뭔가, 하실 말씀이 있다고."

"맞아요. 아 참, 잠시만 기다려주세요. 구레하, 차 좀 부탁해도 될까."

점장 안지가 등 뒤에 걸린 주렴 쪽을 향해 말을 건넸다.

퇴근 후 들른 길이어서 폐점 시간은 이미 지나 있었다. 미오리 때문에 문을 열어둔 모양이었다. 주렴 너머에서 온통 검은색 복장을 한 초면의 청년이 모습을 드러냈다. 어라? 점장은 분명히 구레하라고 불렀다. 구레하라면 혼혈처럼 생긴 외모를 한 남자였는데…….

"이상한가요?"

안지의 목소리에 미오리가 퍼뜩 시선을 돌렸다.

"저희 가게는 '외모'를 취급하는 대여점이니까요."

그래서 종업원의 외모도 마음대로 바꿀 수 있다는 건가? 미오리는 등골이 서늘해지는 느낌이 들었다. 혹시 자기가 터무니없는 짓을 저질러버린 건 아닐까.

"있잖아요, 전……."

들켰을 리 없다고 생각하면서도 목소리가 제멋대로 떨렸다.

"계약사항을 어길만한 일은 아무것도 하지 않았어요."

공연히 두려워졌다. 다시 생각해 보니 혼을 바꿔 넣는 방법으로 '외모'를 대여한다는 것 자체가 상식의 범주를 벗어나 있었다. 신기하게도 처음에 그 설명을 들었을 때는 이상하다는 생각을 전혀 하지 않았다. 이제 이곳을 이용할 일이 없을 거라 믿고 있는 지금은, 이 가게 자체가 굉장히 두려워졌다. 눈앞에 있는 아즈마 안지도 당장 가면을 벗어던지고 다른 얼굴을 내비칠 것만 같아 두려웠다. 어째선지 친척 집에서 자주 들었던 무서운 이야기가 기억에 되살아났다. 여우를 속였다가는 큰일 난다는 말에 몇 번이나 떨었는지.

미오리는 발끝에서부터 조금씩 퍼지는 떨림을 멈출 수 없었다.

"처음엔 구레하가 눈치를 챘어요."

변함없이 느긋하고 친절한 말투로 안지가 이야기를 이어갔다.

"아무래도 이상하다고. 여느 외모를 대여하는 때와는 다른 게 느껴진다고 그러더라고요."

안지의 사선 너머에 대기하듯 서 있는 구레하가 슬쩍

고개를 까닥였다. 지금 미오리가 보고 있는 사람은 서늘한 눈매가 인상적인 외모의 젊은 남자였다.

"가토 씨. 당신을 조사해 봤어요."

뭐? 목소리가 튀어나올 뻔했다. 조사했다니? 나에 대해? 왜 그런 일을…….

핏기가 가신 미오리에게 안지는 변함없이 온화했다. 말투가 갑자기 거칠어지거나 하진 않았다. 그래서 더 꺼림칙했다. 도대체 뭣 때문에 이러는 거야.

"처음엔 사기 행위가 아닐까 의심했어요. 당신은 동료 여성에게 사람들의 이목을 끌만한 청년을 소개해줬죠. 그래서 결혼 사기 같은 수법으로 돈을 뜯어낼 목적인가 싶었어요."

잘못 짚었어. 그런 짓은 하지 않아. 사에코한테 돈 같은 거 받은 적 없어.

"그래서 당신의 컴퓨터와 스마트폰을 감시했어요. 대여한 외모의 인물일 때 교환한 연락처로는 그 이후에도 동료 여성과 연락은 이어가면서도 일절 금전 요구 같은 건 하지 않았더군요."

등골이 서늘해졌다. 컴퓨터와 스마트폰을 감시하고 있었다고? 그런 말을 듣게 될 줄은 상상도 하지 못했다.

"사에코 씨였나요? 당신이 그녀에게 빼앗은 건 돈이 아니었어요. 그건……."

덜커덩. 커다란 소리가 나자 안지가 말을 멈췄다. 무언가를 뚫어지게 보고 있었다. 미오리는 그 시선 끝으로 눈을 돌렸다. 찻잔이 식탁 위로 굴러가고 있었다. 내용물도 엎질러진 상태다. 내 손에 닿아 쓰러진 건가 하고 어렴풋이 깨달았다.

"…… 괜찮으세요?"

솜씨 좋게 식탁을 닦으면서 구레하가 얼굴을 들여다봤다. 눈이 마주쳤다. 처음 대여를 한 날 만났던 남자와는 전혀 딴 사람이다. 미오리는 창백해진 얼굴로 작게 고개를 끄덕였다.

"이야기를 계속할게요. 가토 씨, 당신은 사에코 씨 취향의 남자를 이용해서 그녀에게 접근하고, 그 후에는 온라인상에서 교류를 이어가다가 그녀가 홀딱 빠져 버릴 때를 계산해서 이런 메일을 보냈죠. 읽어볼게요. [이제 좀 작작

해. 친한 척하는 것도 정도가 있지, 고작 한 번 만난 주제에. 이 못난아!]"

미오리는 얼굴도 들지 못한 채 떨리는 자기 손을 바라볼 뿐이었다.

자신이 사에코에게 보낸 메일이 확실하다. 한마디 한 구절이 틀림없었다. 어떻게 그걸 이 사람이 알고 있는 거야? 해킹당한 건가? 그럴 리 없잖아! 지독하리만치 철저하게 보안에 신경을 쓰고 있는데 해킹당할 리가 없다. 그렇다면 대체 어떻게…….

"그다음 당신이 대여한 외모는 '청초하고 귀여운 여고생'이었어요. 그 '외모'를 이용해서 알게 된 이들이 고등학생 남자애 다섯 명이었어요. 그들과도 당신은 온라인상에서 교류했죠. 그러다 잘못 보낸 것처럼 가장해서, 흔히 말하는 비밀 계정을 일부러 공유했어요. 그 안에는 그들을 모욕하는 듯한 내용이 쓰여 있었어요. [잘생겼더라면 좋았을 텐데. 외모, 최악이야. 확실히 카스트제도의 최하층이잖아, 걔네들] [소름 끼치는 아저씨한테서 구해준 건 고맙지만, 시도 때도 없이 연락하는 건 진심 짜증 나]

등등."

악의로 가득한 무수한 말에 귀를 틀어막고 싶어졌다. 안지의 목소리를 통해 듣는 온갖 욕설이 순식간에 미오리의 세계를 새까맣게 물들였다.

미오리는 스스로 내뱉은 악의에, 지금 막 자신이 사로잡히고 말았다는 생각이 들었다.

두 번째까지 성공하자 미오리는 더더욱 '외모' 대여를 원했다.

세 번째는 '아이돌 풍의 남자 고등학생'을, 네 번째는 '팜므파탈 같은 미인'을 의뢰했다. 어느 쪽이든 미오리가 바라는 그대로의 '외모'가 준비되어 있었는데, 자주 가는 드럭스토어에서 종종 마주치는 여고생 무리와 같은 부서의 선배를 혼내주는 데 각각의 외모를 이용했다.

그런 뒤에는 각 계정 자체를 삭제하고 끝내 버렸다. 그들은 분노를 표출할 곳마저 잃고 말았다. 완벽한 수법이었다. 어째서 자신이 이런 지독한 일을 당한 건가 그들 모두 생각했을 것이다. 미오리도 마찬가지였으니까. 잘못한 건 아무것도 없는데 일방적으로 외모의 우열을 평가받고 욕설을 듣고 자신감을 잃어버리더니, 언제부턴가 마음이 죽어 버렸다.

이상하게도 자신을 멸시한 인간들에게 직접 복수하고 싶다는 생각은 들지 않았다. 그들과는 이미 결말이 난 상태다. 자신은 압도적인 패배자다. 지금에 와서 맞서 봤자, 아무것도 바뀌지 않는다. 그래서 당시의 자신처럼 무방비한 상대를 골랐다.

왜 그런 일을 당한 건지 모르겠다며 망연자실하게 만드는 것. 그게 미오리의 복수였다. 피해자가 아닌, 가해자의 입장에 선다. 그 상황을 체험하는 것이 목적이었다.

"네 번째로 가게에 방문하신 뒤에는 아무런 접촉도 하지 않고 계시네요. 이걸로 충분히 만족했기 때문인가요?"

안지의 목소리가 두터운 막 저편에서 들려오는 것 같았다. 의식이 멍해진 상태라는 걸 깨닫자마자 그 목소리가 선명하게 들려왔다.

"당신의 복수는 끝났나요?"

나의 복수는, 끝난 건가?

모르겠다. 결국, 마음이 되살아났다고 느낀 순간은 단 한 번도 없었고 어느 것에도 마음이 동하지 않는 자신 역시 그대로다.

다섯 번째 대여를 하러 가지 않은 건 그래서였다. 의미 없는 짓이라는 걸 느꼈으니까. 복수 따위 아무런 의미가 없다고 생각해서가 아니었다. 자신이 하는 짓이 무의미하단 걸 깨달아서였다.

지금도 사에코와는 친목 모임에서 자주 만난다. 미오리가 소개해 준 사람에게 지독한 일을 당했다며 비난받지도 않았다. 잊어버리기로 한 모양이었다. 너무 자신이 비참하니까. 예전의 미오리처럼. 다른 '피해자'들 역시 대부분 같은 기분이리라.

"가토 씨. 당신이 한 짓은 확실히 범죄 행위는 아니었어요. 조사해 보니 당신은 그저 '외모'를 이용해서 악의를 표출한 것뿐이더군요. 그런 일을 당할 이유도 없는 사람들에게 말이죠. 당신이 그들에게 빼앗은 건…… 존엄이에요."

안지는 담담한 말투로 미오리가 한 짓을 계속 폭로해

나갔다. 그의 말에는 티끌만큼의 오해도 없었다. 유능한 탐정의 수수께끼 푸는 과정을 듣고 있는 기분이라고, 미오리는 멍하니 생각했다.

"그게 당신의 복수였던 거네요."

자기도 모르는 사이에 고개를 끄덕이고 있었다.

"맞아요……. 제게는 그게 복수였어요. 내게 악의를 표출한 사람들이 했던 것과 똑같이."

네 개의 '외모'를 대여해서 네 번의 복수를 완수해 냈다. 그렇다면 미오리는 안지의 질문에 복수는 끝났다고 대답해도 됐을 것이다.

그럴 수 없었던 이유는…….

"제 개인적인 생각을 말씀드려도 될까요?"

어느새 가져다 놓은 찻주전자를 한 손에 들고 안지가 말을 건넸다. 빈 찻잔에 투명한 색의 녹차를 다시 채웠다.

"원래 복수는 실현될 수 없는 법이라고 생각해요. 이미 벌어진 일에 대한 패배의 감정을 어떻게든 해소하고 싶어서 하는 행동이 복수잖아요. 하지만 무슨 짓을 한다 한들 이미 일어난 일은 바뀌지 않으니까. 없었던 일이 되지 않죠. 그러니 애초에 복수는 성립될 수 없는 거예요."

자기 언어로 본인의 생각을 이야기하는 안지의 목소리는 지나치게 낮지도 너무 높지도 않았다. 분명 누군가의 귀에는 그의 목소리가 무척 평온하게 들릴 거라고 미오리는 생각했다. 세계가 까맣게 물들고 만 지금의 미오리에게는 죄인뿐인 이 땅에 울려 퍼지는 하늘의 목소리처럼 들렸다. 그 목소리를 듣는 것만으로 심판받는 기분이었다.

"그러니까 가토 씨. 당신이 한 짓은 복수가 아니에요. 전 그렇게 생각해요."

잠꼬대하듯 확신 없는 말투로 미오리가 안지에게 물었다.

"…… 그렇다면, 제가 한 짓은…… 대체 뭐였을까요?"

"단순한 화풀이였을 뿐이죠."

"화…… 풀이……."

은테 안경의 테두리를 가볍게 손끝으로 눌러 올리면서 안지가 생긋 웃었다.

"당신의 복수는 성공하지 못했어요. 그래서 마음이 조

금도 홀가분하지 않죠. 그렇지 않나요?"

안지의 말이 맞았기 때문에 무심코 고개를 끄덕이고 말았다.

"당신은 잘못 생각했어요. 그래서 복수 대신에 화풀이를 하고 만 거죠. 그렇게 화풀이했으니 꼭 해야 할 일이 있겠죠."

머리가 멍해져서 곧장 입이 떨어지지 않았다. 대신 안지가 대답해 주었다.

"솔직하게 말하는 거예요. 화풀이해서 미안하다고."

생각지도 못한 대답이었다. 이상하게도 그 대답을 듣는 순간 새까맣게 물들었던 미오리의 세계에 작게 금이 가는 소리가 들렸다.

◊ ◊ ◊

"솔직하게…… 말한다……."

구레하는 꿈꾸는 듯한 표정의 미오리를 지그시 바라봤다.

조금 전까지만 해도 보이지 않던 빛이 그 눈에 생겨났다. 균열 사이로 비치는 아주 작은 새싹과도 같은 빛. 그것이 있고 없고의 차이만으로 미오리의 얼굴은 확연히 달라 보였다.

화풀이를 한 거라면 솔직하게 고백하고 사과한다. 그토록 당연한 이야기에 마음이 움직인 듯한 미오리에게도 신경이 쓰였지만, 그 이상으로 구레하는 복수에 대한 안지의 사고방식에 마음이 동했다.

"물론, 그것으로 모든 걸 없었던 일로 할 순 없겠죠. 하지만 어째서 그런 일을 당한 건지 이유도 모른 채 괴로워하는 사람에게 조금이나마 해답을 줄 수 있을 테니까요. 뭐야, 단순한 화풀이였을 뿐이구나, 하고 말이죠."

복수.

구레하에게 그것은 하고 싶었지만 그러지 못했던 것 중 하나였다. 소노지 앞에서 입 밖으로 꺼냈다가 후회한 적도 있다. 그때였다. 소노지가 구레하에게 최고의 복수가 뭐라고 생각하냐고 물었을 때가.

"한 번 더 저희에게 대여했던 '외모'의 인물이 되어서 접촉하시면 됩니다. 아시겠죠? 솔직하게 이야기하고 용서를 구하지 않겠어요?"

그렇게 하면 마음이 편해질 거라고까지는 말하지 않은 채 안지는 생글거리며 미오리의 얼굴을 들여다보고 있었다. 마치 실에 묶여 조종당하는 인형처럼 미오리는 고개를 푹 숙이며 대답했다.

"알겠어요."

카운터 위로 몸을 쑥 내밀고 있던 안지가 미오리와 적정 거리를 유지한 채 말했다.

"그것과는 별개로 드리는 말씀인데요."

딱히 어조를 바꾸지도 않고 안지는 선뜻 미오리에게 기묘한 제안을 했다.

"그 복수도 완수해 버릴까요?"

대체 안지는 미오리의 목적이 복수였다는 걸 어디에서 어떻게 눈치챈 걸까.

구레하는 여전히 이해할 수 없었다. 사와카와 분담해서 미오리의 컴퓨터와 스마트폰 정보를 맘껏 훔칠 수 있었다. 기척을 없앤 변신 여우라면 온종일 곁을 어슬렁거려도 들킬 염려가 없으니까. 하지만 내용을 보고할 때만 해도 그녀의 목적이 무엇인지는 알지 못했다. 오직 안지만 눈치채고 있었다. 복수 때문이었다는 걸.

"오랜만이네, 구레하랑 외식하는 건."

어둑해진 보도를 나란히 걷고 있던 안지가 싱긋 웃는 얼굴로 돌아본다. 그냥 집에 가서 먹어도 되는데, 하고 말하려다 관뒀다. 안지가 묘하게 즐거운 듯 보였기 때문이다.

미오리를 버스정류장까지 데려다줬더니 시간이 꽤 늦어 버려서 이대로 외식하고 돌아가기로 했다. 안지가 메밀국수를 먹고 싶다기에 그러기로 했다.

"놀란 듯한 얼굴을 하고 있었지."

안지가 정면을 바라보면서 생각났다는 듯 말을 꺼냈다.

"놀란 듯한 얼굴?"

"그때 말이야, 내가 가토 씨한테 최고의 복수가 뭐라고 생각하냐고 물었을 때. 때마침 구레하가 찻잔을 치우려고 앞에 나섰을 때라 옆얼굴이 보였거든."

들킨 건가. 안지의 말대로, 확실히 그때 구레하는 놀란 상태였다. 미오리를 향한 질문이, 오래전 소노지에게 받았던 것과 똑같았기 때문이다.

"왜 그런 표정을 하고 있었던 거야?"

구레하는 살짝 머뭇거리다가 대답했다.

"소노지한테 같은 말을 들은 적이 있었어."

"최고의 복수가 뭐라고 생각하냐고?"

"응."

구레하는 고개를 끄덕였다. 바로 옆으로 막차일지도 모를 노선버스 한 대가 지나갔다.

"나와 가토 씨의 대답은 서로 달랐지만, 소노지의 대답은 아까의 안지와 같았어."

안지의 질문에 미오리는 모르겠다며 고개를 옆으로 흔들었다. 그런 미오리에게 안지는 길을 가르쳐줄 때처럼 가벼운 말투로 이렇게 말했다.

"두 번 다시 생각나지 않게 하는 거예요. 그걸로 충분해요."

안지의 목소리 위로 그리운 소노지의 목소리가 겹치듯

들렸다.

"두 번 다시 생각하지 않는다. 그걸로 충분해."

소노지는 그 말뿐이었지만 안지는 거기에 이런 말을 덧붙였다.

"상상해 보세요. 당신은 지금 괴물에게서 간신히 도망쳐서 셔터 안에 들어왔어요. 구석에는 문이 있죠. 당신은 마지막 힘을 쥐어짜서 달려가요. 그리고 문을 열어요. 그러면 그곳에는 빛이 넘쳐나고 있을 거예요. 당신은 이제 안전해요. 두려운 괴물로부터는 달아났으니까요. 녀석은 이제 셔터의 맞은편에만 존재해요."

미오리는 눈을 감고 안지가 말하는 장면을 상상하고 있는 듯했다.

"셔터 맞은편에만 존재하는 것에 대해선 이제 생각하지 않는 편이 좋아요. 두 번 다시 떠올릴 필요가 없어요. 문을 연 뒤의 당신은 앞으로 일어날 일만을 생각하며 살아가면 돼요. 왜냐하면 셔터는 이미 닫혔으니까요."

감고 있던 미오리의 눈에서 눈물이 흘러넘쳤다.

셔터는 이미 닫혔어…….

두 번 다시 떠올리지 않는 게 어째서 복수인 거냐고 미오리가 되묻는 일은 없었다. 사실은 알고 있었다는 듯이 안지의 말에 수긍한 뒤 돌아갔다.

"차가운 거랑 뜨거운 것 중 뭘 먹을까."

단골 메밀국숫집 간판이 보이자마자 벌써 안지는 머릿속이 메밀국수 생각으로 가득 찬 표정이다. 그 옆얼굴을 흘낏 훔쳐보면서 구레하는 기억을 떠올려 냈다.

복수란 '두 번 다시 생각하지 않는 것'이란 걸 깨닫게 해 주었던 그때를.

눈앞에는 결박당한 소노지가 바닥에 쓰러져 있었다. 탐욕스러운 세 아들 중 장남이 소노지의 등에 올라탄 채 칼날을 목덜미에 비스듬히 겨누고 있다. 구레하는 상황을 정확히 파악하기 위해 창고 안을 빙빙 둘러봤다.

소노지의 목을 자른다는 협박 때문에 사와카는 행동을 저지당한 상태였고, 차남은 언제든 장남을 도울 수 있게 바로 옆에서 대기하고 있었다. 셋째는 창고 문 앞에 떡하니 앉아 명색이 파수꾼 역할을 하고 있었다. 아무렇게나

책상다리를 한 채 연신 하품을 해 댔다. 기척을 없앤 무색 투명의 여우가 된 구레하는 일단 셋째의 등 뒤로 돌아갔다. 목 뒷부분을 노리고 덤벼들었다. 앞발로 민첩하게 급소를 찔러 단번에 실신시켰다. 애초에 문을 뒤로하고 앉아 있던 터라 아무런 변화도 없어 보였다. 다음 상대를 노리며 사와카 바로 옆으로 이동했다.

'어떻게 할까?'

여우끼리만 들리는 특수한 음파를 사용해 짧게 상의했다.

'칼끝의 방향을 바꿔줘.'

'알았어.'

구레하는 인간의 눈에는 보이지 않는 여우의 모습으로 달려들어, 소노지의 목덜미를 겨누고 있던 칼끝을 힘껏 발로 차버렸다.

"으악!"

장남이 비명을 지르며 상반신을 젖혔다. 그 틈을 타서 사와카가 덤벼들었다. 당황한 차남이 움직이려 하자, 즉각 사람의 모습으로 둔갑한 구레하가 꼼짝 못 하도록 뒤에서 목덜미를 꽉 옭아맸다.

"뭐, 뭐지, 어디서 튀어나온 거냐!"

미친 듯이 폭주하는 차남의 목을 가볍게 졸랐다. 간단히 기절시킨 뒤 그 몸을 내동댕이쳐 버리고, 결박당한 채 움직이지 못하는 소노지 곁으로 급히 다가갔다.

아직도 사와카는 칼을 휘두르는 장남과 맞붙어 싸우고 있었다.

"등의 상처는 어때? 아프지 않아?"

밧줄을 푸는 손이 묘하게 떨렸다.

"…… 너야말로, 구레하. 얼굴이 새파랗잖아."

그제야 깨달았다. 전신의 피가 바싹 말라 버린 듯한 상태라는 걸. 주인의 신변에 위험이 닥쳐서 동요한 탓도 있지만, 육체적으로도 컨디션이 좋지 않아 타격이 된 듯했다.

"요력이 급격하게 떨어졌어. 무리하지 마라, 구레하. 여우로 돌아가."

결박에서 벗어난 소노지가 가만히 구레하의 등을 쓰다듬었다. 그러자 완전히 힘이 빠져 버린 구레하는 자신의 의지와는 상관없이 본래 여우의 모습으로 되돌아갔다. 오랜 시간 사람의 모습으로 둔갑해서 긴장한 상태로 잠입 생활을 이어온 탓에 생각 이상으로 요력을 소모한 모양이었다.

칼을 마구 휘둘러 대는 통에 애를 먹던 사와카 쪽 싸움도 담판이 났다. 사와카는 엉망진창으로 뻗어 있는 장남을 내려다보면서 한 손에는 그의 칼을 쥔 채 일어서던 중이었다.

"가자."

소노지의 재촉에 창고를 나섰다.

"구레하, 넌 소노지 옆에 있어라."

밖에서 창고 문을 걸어 잠근 뒤 사와카가 이상한 말을 했다.

"넌…… 대체 어디 가려고."

"할 일이 있어. 곧 돌아갈 테니까."

그런 말을 내뱉은 뒤 곧장 여우의 모습으로 되돌아간 사와카는 그대로 사라져 버렸다.

소노지와 구레하는 서로 얼굴을 바라봤다.

"뒤좇아 가자."

먼저 뛰기 시작하던 소노지가 곧 그 자리에서 넘어지고 말았다. 살펴보니 기모노 뒤품이 찢어져 드러난 등의 상처에서 꽤 많은 양의 피가 흐르고 있었다.

"소노지!"

거의 바닥난 요력을 다해 사람의 모습으로 둔갑한 구레하는 소노지의 몸을 감싸 안고 마을 의원에게 달려갔다.

치료를 마치자마자 냄새를 좇아 사와카를 뒤따라갔더니, 그곳은 완전히 불바다가 되어 있었다. 믿을 수 없는 광경에 등골이 오싹해졌던 게 생각난다.

사와카는 소노지를 고용했던 대지주의 자택을 시작으로 창고가 있는 별장과 몇 채로 나뉜 저택들 전부에 불을 질렀다.

탐욕스러운 세 아들에게 매수당해서 소노지를 쉽게 내주었던 고용인들이 사는 집까지도 불을 질렀다. 억새 지붕으로 된 낡은 집은 무서우리만치 빠르게 불타올랐다. 소노지와 구레하가 서둘러 뛰어왔을 때는 거대한 불기둥이 하늘로 치솟고 있었다.

여우술사를 함정에 빠뜨리는 짓을 하면 이렇게 된다는 걸 알려 주는 동시에, 사와카는 소노지를 배신한 자들을 향한 복수까지도 완수해 낸 것이다.

생명 이외에 그들이 가진 전부를 잿더미로 만들어 버리는 것으로.

소노지는 여우술사로서의 가업을 버린 뒤, 어쩌다 보니 거두게 된 어린 여우 두 마리와 함께 새로운 생활을 시작했다.

약초를 이용해서 만든 여러 종류의 약이나 진귀한 산나물이 주된 생활양식이었다. 평온하고 느긋한 산속의 삶에 아무런 불만도 없었다. 그런데도…….

구레하는 자신은 완수하지 못했던 복수를 향한 마음을 오랫동안 질질 끌어왔다. 애초에 소노지를 궁지에 빠뜨린 것 자체가 후회로 남아 있었다는 사실을 알고 있었다. 알고 있었으면서도, 복수의 마음은 소노지를 위험에 빠트린 자들에게 향하고 말았다. 그런 속내를 소노지에게 털어놓은 적도 있었다.

"지금도 이런 생각이 들어. 사와카는 왜 날 기다리지 않고 혼자 멋대로 그런 짓을 한 걸까."

그때 소노지가 구레하에게 가르쳐 준 복수의 방법은 이것이었다.

'두 번 다시 생각하지 않는다.'

그게 주인의 뜻이라면. 구레하는 그렇게 생각하려고 노력했다. 두 번 다시 떠올리지 말자고. 그러다 보니 조금씩 그 기억이 흐릿해져 갔다. 그 멍청하고 탐욕스러운 세 아들과 소노지를 배신한 고용인들의 얼굴이.

다만, 당시 마주했던 불길만은 지금도 종종 또렷하게 떠올린다. 구레하는 주인의 말을 믿으며 그것조차 떠올리지 않게 될 날을 기다리기로 했다. 그날은 이 세상 최고의 복수가 완수될 순간일 것이다.

대여 계약 ⑧

오이카와 고이치

남, 54세

무엇이든 대여점 변신 가면

전혀 다른 사람이 되고 싶다면, '외모'를 대여해 보세요.

"이걸 어쩌나."

사와카 옆에 있던 안지가 불쑥 평소의 태평한 어조로 중얼거렸다.

거실 소파에는 사와카와 안지, 구레하뿐이다. 쌍둥이는 보이지 않는다. 본래 모습인 여우로 돌아가서 뒷산에라도 놀러 간 모양이다.

"무슨 곤란한 일이라도 있어?"

사와카가 묻자 애용하는 머그잔을 테이블 위에 올려 놓으며 안지가 말했다.

"마토이랑 호노카 말인데."

구레하가 힐끗 사와카 쪽을 본다. 뭔가 짐작 가는 거라 도 있는지 묻는 기색이다. 사와카는 천천히 고개를 흔들 면서 안지에게 자세한 설명을 요구했다.

"마토이랑 호노카가 어쨌는데?"

최근 인간의 성향을 파악하는 데 한층 익숙해진 마토 이는, 둔갑해 있는 동안에는 인간 그 자체다. 엉뚱한 언동을 보이는 일이 거의 없다. 호노카의 경우에는 여전히 조금씩 여우의 본색이 튀어나올 때가 있어서 단독 행동을 시키기에는 살짝 불안한 감이 있다. 물론 문제라고 할 만한 일은 저지르지 않으리라 믿지만.

"교복을 입고 싶어 하는 눈치여서 그러라고 내버려 뒀잖아? 그것 때문에 좀⋯⋯."

"좀, 뭐?"

"아, 그게. 도미타 씨가 말이지."

도미타 씨란 말을 들은 사와카는 어떤 사정인지 곧장 이해했다.

"두 사람이 학교에 안 가는 걸 보고 한소리 했나 보네."

안지가 고개를 연신 끄덕였다.

도미타 씨는 정기적으로 가지치기 도구를 대여하는 이웃이다. 대여품을 배달하는 김에 정원 손질을 도와주는 게 예사가 되어버렸다.

"그 어르신도 사람은 좋은 것 같지만."

"응?"

안지가 고개를 옆으로 돌렸다.

"조금은 일방적인 면이 있지."

사와카의 말에 "그러고 보니 나한테도 맞선 이야기를 한 적이 있었어" 하고 구레하가 대꾸했다.

"알만하네."

안지가 한숨을 내쉬었다.

"애들은 어떤 사정이 있어도 학교에 가야 한다든가 젊은 남녀는 적령기가 되면 결혼해야 한다든가. 그런 말을 곧잘 꺼내시는 걸 보면, 역시나 도미타 씨는 옛날 가치관을 고수하는 타입이잖아. 그래서 일단 얼버무리긴 했는데."

아무리 교묘하게 인간으로 둔갑한다 해도 여우가 호적을 취득할 수는 없다. 당연히 학교에도 다닐 수 없다. 요력이 불안정한 쌍둥이가 애초부터 장시간 집단생활을 하는 건 아직 무리다.

하지만 마토이와 호노카의 외모로는 학교에 다니는 게 마땅해 보이니, 어찌 보면 도미타 씨가 신경 쓰는 게 당연한 일이기도 했다.

"이웃들은 쌍둥이가 내 친척인 줄 알고 있잖아? 지금은 건강상의 이유로 여기에 요양하러 왔고 그동안은 학교를 쉬고 있다고 말하긴 했는데."

"그거론 안 돼?"

"그건 아닌데……. 뭐랄까, 대충 얼버무린 게 아닌가 싶어서."

대체 뭐가 걸린다는 말인지 사와카는 도통 이해가 되지 않았다.

"도미타 씨로서는 쌍둥이가 건강해 보일 테니까 제대로 상황을 받아들이지 못하는 게 아닌가 싶어."

"네가 그런 것까지 신경 쓸 필요는 없는 거 아냐?"

"뭐, 그렇긴 한데."

사와카의 말에 수긍한 건지 아닌지 모호한 대답을 건넨 그때, 안지의 스마트폰에 메일이 들어왔다. 가게 사이트로 오는 메일은 전부 안지의 스마트폰으로 전송되게끔 설정해 두었다.

"오, '외모' 대여 쪽 예약이네."

"희망하는 '외모'는 뭐야?"

구레하의 질문에 안지는 대답 대신 사와카의 얼굴을

뚫어져라 바라봤다.

"음…… 이번엔 사와카 쪽인가."

"구레하가 아니고, 나?"

"물론 구레하도 괜찮겠지만 사와카가 더 적임인 것 같아."

그렇게 말하더니 안지가 갑자기 생글거리기 시작했다.

"그나저나 어떤 '외모'를 의뢰했을까요."

마치 퀴즈를 내는 것 같다. 구레하가 성실하게 대답한다.

"일단 십 대는 아닐 테고. 십 대라면 마토이나 호노카 담당이니까. 나이는 이십 대 이상이겠지."

안지가 연신 고개를 끄덕인다.

"성별은 여자. 그것도 서른 미만."

"왜 그렇게 생각해?"

"나보다 사와카 쪽이 적임이라면서? 그러니까 젊은 여성이겠지. 고령의 여성이라면 내가 그럴듯하게 둔갑할 수 있지만, 젊은 여성은 좀 힘드니까."

"우와, 제대로 파악하고 있네."

사와카는 감탄했다. 만능둔갑술에도 본래의 기질이라

는 게 조금은 반영되는 모양이어서, 구레하가 둔갑하는 젊은 여성은 어딘지 모르게 씩씩했다. 게다가 외모뿐만 아니라 언동에서도 여실히 기질이 드러났다.

머나먼 옛날, 이 땅에서 아직 영토 확장을 위한 싸움이 벌어지던 시절. 사와카와 구레하는 정보 수집을 위해 둘 다 젊은 여성으로 둔갑해 적의 진지에 잠입한 적이 있었다. 신분이 낮은 병졸들이 추파를 던질 때마다 능숙하게 받아넘기는 사와카와 달리, 구레하는 매번 화를 감추지 못하다가 결국에는 허물없이 어깨동무해 오는 상대를 후려갈겨 버렸다. 결국 사와카 혼자 남아 목적 달성은 했지만, 구레하는 당시 깊게 느낀 바가 있었다. 만능둔갑술에도 제각기 적합하거나 부적합한 대상이 있다는 걸.

사와카는 당연히 자기만 알고 있는 줄 알았는데 구레하 역시 자각하고 있었나 보다.

의기양양한 표정으로 얼굴을 빤히 바라보는 구레하를 향해 안지가 짝짝짝 손뼉을 쳤다.

"거의 정답. 정확히는 '남을 잘 보살펴 줄 것 같은 이십 대 여성'이었습니다."

퀴즈의 정답을 맞히고 어쩐지 뿌듯해하는 구레하를 보며 사와카는 그만 웃음이 터져 나올 뻔했다. 즐거우면 그만이지.

◇ ◇ ◇

"아, 여기인가."

생각에 잠겨 걷다 보니 어느새 목적지인 대여점 앞에 도착했다.

손으로 휘갈긴 듯한 글씨로 '무엇이든 대여점 변신 가면'이라고 쓰인 간판. 그것을 흘낏 쳐다본 뒤, 오이카와 고이치는 유리문을 옆으로 밀었다.

"어서 오세요!"

느긋한 젊은 남자의 목소리가 맞이해 주었다. 널찍한 토방을 지나 안쪽 구석에 자리한 통나무 카운터가 눈에 띄었다. 말을 걸어온 남자는 카운터 너머에 있었다. 부스스한 머리에 가느다란 은테 안경을 쓴 청년이다.

"예약한 오이카와라고 합니다만."

"앗, 오이카와 씨! 기다리고 있었습니다. 어서 들어오세요."

카운터 앞의 스툴을 권하길래 거기에 앉았다.

"점장 아즈마라고 합니다. 오늘 저희 가게를 찾아 주셔서 감사합니다."

"저야말로 잘 부탁드립니다."

서로 꾸벅꾸벅 인사했다.

"오늘은 날씨가 참 좋네요."

한가로이 날씨 이야기를 꺼내는 청년에게 고이치는 금세 호감을 느꼈다. '외모'를 대여해 주는 가게라니 대체 어떤 사람이 운영하는 걸까. 수상쩍어하던 차라, 이 평범한 느낌에 한층 안도한 건지도 모른다.

"하아, 옛날 생각나네요. 그 캐릭터, 어릴 때 좋아했거든요."

유급 휴가를 쓰고 온 터라 고이치는 사복 차림이었다. 안지가 옛날 생각난다고 말한 건 고이치가 입고 있던 여름용 니트의 가슴팍에 수 놓인 자그마한 자수 때문이었다. 한 시대를 풍미했던 브랜드의 의류인데 폴로셔츠와 스웨터, 니트의 가슴팍에 상어 마크의 자수가 반듯이 수놓아져 있었다. 지금은 좀처럼 보기 힘든 한물간 브랜드다.

"도통 버릴 수가 없어서요. 요즘엔 입고 다니는 사람도 드물 거예요."

안지가 싱글싱글 웃으며 말했다.

"버리지 마세요. 아직도 거뜬히 입을 수 있잖아요."

가슴속에서 문득 부드러운 바람이 분 것 같은 기분이 들었다. 딸아이의 남자친구가 이런 청년이라면 좋겠다는 생각도 해 본다. 독신인 고이치에게 딸 같은 건 없지만.

"그럼 본론으로 들어가서, 오늘의 대여에 관해 말씀드리겠습니다."

"아, 네."

막힘없는 설명을 들으면서 한 가지 신경 쓰이는 점이 있었다. 대여하는 동안에는 자신의 본래 외모를 한 인물과 일정 거리를 유지한 채 동행해야 한다는 부분이었다.

"일정 거리라는 게 어느 정도쯤일까요?"

"글쎄요, 이 가게 안의 끝과 끝 정도쯤 될까요."

"아, 그렇게나 가깝게 있어야 하나요?"

"뭔가 난처한 일이라도 발생할 가능성이 있나요?"

"흐음…… 글쎄요."

고이치는 앞으로 자신이 하려고 하는 일을 머릿속에 그려보았다. 그 장소에 본래의 모습을 한 자신이 있어도 문제는 없을지 신중히 생각한다. 장소의 특성상 부자연스러운 건 아니다.

"…… 아니, 뭐. 상관없으려나. 괜찮을 것 같습니다."

문득 우습다는 생각이 들었다. 정말 고민해야 할 지점은 이런 게 아니라는 생각 때문이었다.

극히 지천으로 널린 상품이라는 듯, 잡다한 대여용품의 항목에 섞여 있었던 '외모.' 상식적으로 생각하면 대여할 수 있을 리가 없는데. 어째선지 그런 점은 신경 쓰이지 않았다. 지금도 마찬가지다. 어떤 이유에선지 그 점은 걱정되지 않았다.

참 이상한 일이군. 그런 생각을 하면서도 고이치는 계약서에 사인을 마쳤다. 그때 안지의 뒤에 걸려 있던 주렴 너머에서 젊고 날씬한 여자가 불쑥 모습을 드러냈다.

안지가 싱긋 웃으며 말했다.

"이쪽이 이용하실 '외모'랍니다."

단정한 생김새에 왠지 포용력 있어 보이는 분위기의
여자다.

이상적인 그 '외모'를 보며 고이치는 자기도 모르게 연
신 고개를 끄덕였다. 이 사람이라면 그녀도 분명…….

오이카와 고이치. 54세, 독신.

결혼하라는 잔소리를 듣지 않게 된 지 오래다. 본인으
로서는 안도하고 있다. 패배자의 변명 같은 게 아니라, 고
이치는 젊은 시절부터 결혼하고 싶은 마음이 전혀 없었
다. 식품회사에서 발효를 연구하는 지금의 직업에 만족하
고 있으며 일에 대한 열정도 여전하다. 속된 말로 철도 마
니아인 고이치는, 이러한 취미를 공유하며 돈독한 유대를
맺고 있는 친구도 있다. 무엇보다 혼자 사는 게 좋았다.

일을 마치고 어두컴컴한 방으로 돌아가 직접 불을 켜
는 그 순간을 고이치는 무척이나 좋아했다. '난 자립한 한
사람의 어른이구나'라는 걸 실감할 수 있는 행복한 순간
이기 때문이다. 사람에 따라서는 그 순간만큼 적적한 때

도 없다며 한탄도 한다지만, 고이치는 전혀 느껴보지 못한 감정이었다.

그런 까닭에 고이치는 54세의 독신이라는 상황이 세간의 눈에는 안쓰러워 보이기 마련이라는 걸 이해는 하면서도 그 때문에 끙끙 앓은 적이 거의 없었다. 모든 사람이 가정을 가질 필요는 없다. 이러한 삶도 있는 법이다. 다만, 젊은 여자의 경우에는 본인처럼 관계 맺기를 적극적으로 거부하는 이가 드물다는 것 정도는 알고 있었다.

시간제한이 있어도 괜찮으니 젊은 여성이 마음을 터놓을 수 있는 사람이 될 수 있다면 좋겠다.

요 며칠 내내 그런 생각에 사로잡혀 있었다.

모처럼 얻은 유급 휴일에 일부러 직장 근처에 있는 공원까지 온 건 반드시 그녀가 여기에서 점심을 먹으리란 걸 알고 있었기 때문이다.

오기노 씨. 고이치가 근무하는 식품회사 연구소에서 사무 업무를 담당하는 여성이다.

입사한 지 삼 년 차로 근무 태도가 매우 성실하고 언제나 묵묵히 컴퓨터를 바라보고 있다. 대화를 나눠본 적이 거의 없으며 업무 이외에는 지극히 가벼운 인사 정도만 주고받을 뿐이다.

사무직은 그녀를 포함해서 여자가 다섯 명. 그녀를 제외한 네 사람은 점심시간마다 함께 밖으로 나간다. 오기노 씨 혼자만 조금 늦게 사무실을 나선다. 그게 쭉 마음에 걸렸다.

고이치의 여동생은 중학교 시절 등교 거부 학생이었다. 방송통신고등학교를 졸업한 뒤 해외 대학으로 진학하고 나서야 여동생은 비로소 당시 괴로웠던 마음을 가족에게도 털어놓았다.

"쉬는 시간에 함께 있을 친구가 없다는 게 가장 괴로웠어."

완전히 과거 이야기라는 듯 여동생은 시원시원하게 말했다.

"수학여행 때는 정말이지 지옥이었어. 같은 반 아이랑 함께 있긴 했는데, 군것질할 때는 나한테 같이 가자고 하는 애가 없었어. 다들 같은 걸 먹으면서 걷고 있는데 나

혼자만 빈손인 거야. 하얗게 질려서 걸었던 기억이 생생
해."

몇 년이 지나서야 여동생이 처음 털어놓은 쓰라린 경
험담을 듣고 고이치는 목 놓아 울었다. 많진 않아도 늘 마
음 맞는 동료가 있었던 고이치는 친구가 없는 학교생활을
상상해 본 적이 없었을뿐더러 등교를 거부하는 여동생이
참으로 딱하게 여겨졌기 때문이다.

지금이야 여동생도 결혼해서 두 아이의 엄마가 되어
이국의 땅에서 행복하게 살고 있다. 그런데도 고이치의
가슴에는 아무것도 해 주지 못했다는 쓰라린 후회의 감정
이 남아 있었다.

직장 근처에 있는 공원에서 손수 만든 도시락을 혼자
펼쳐 놓고 있는 오기노 씨의 모습을 발견했을 때 고이치
는 생각했다. 여동생도 저렇게 혼자 있었던 걸까. 가슴이
메었다. 그래서 생각했다. 오기노 씨를 위해 뭔가 내가 할
수 있는 일이 없을까.

본인은 그저 동료일 뿐이다. 그것도 서른 살 가까이 나
이 차가 나는 아저씨에다, 업무상의 접점도 거의 없다. 그

런 상황에서 느닷없이 그녀에게 말을 걸었다가는 기분 나쁜 사람 취급만 받을 뿐이다. 최악이라며 수작을 부린다고 의심받을지도 모른다. 뭔가 해 주고 싶은데. 중년 남성인 몸으로는 아무것도 해 줄 수 없었다.

"그래서 이런 '외모'를 고르신 거예요?"

역 앞으로 향하는 길에 동행 중인 사와카에게 어째서 외모를 대여하게 되었는지 몽땅 털어놓고 말았다.

"하다못해 이야기라도 들어주고 싶어서."

사와카는 고이치가 대여한 '외모'의 본래 주인이다. 지금 고이치는 의뢰한 대로 '남을 잘 보살펴 줄 것 같은 이십 대 여성의 외모'로 변신했다. 대신 사와카가 고이치의 외모를 한 상태다. 몸이 뒤바뀐 현상 자체가 외모 대여인 듯했다.

"아, 있네요. 저 여자가 오기노 씨예요."

직장 근처에 있는 공원까지 찾아온 고이치가 사와카에게 소곤소곤 속삭였다.

"그럼, 전 조금 떨어진 곳에 있을게요."

본래 자기 모습인, 나이에 걸맞게 지쳐 보이는 얼굴에

한물간 브랜드의 옷을 입은 중년 남성이 태연하게 옆에서 멀어져 갔다. 고이치는 작게 심호흡을 한 뒤 벤치에 앉아서 도시락을 먹고 있는 오기노 씨 쪽으로 향했다.

"옆자리에 앉아도 될까요?"

목소리까지 완벽하게 이십 대 중반의 여자다. 말을 걸자 오기노 씨가 가볍게 눈을 뜨면서 고개를 든다.

"앉으세요."

"도시락은 직접 싸 오신 거예요?"

준비해 온 편의점 주먹밥의 포장을 벗기면서 태연하게 대화의 실마리를 찾는다.

"네."

오기노 씨가 고개를 끄덕였다. 민폐라고 여기는 것 같진 않은데 왠지 그 시선이 조금 떨어진 다른 벤치 쪽으로 향해 있다. 뭐지? 고이치도 그쪽으로 눈을 돌려 바라봤다. 그 순간 가슴이 덜컥 내려앉았다. 벤치에는 사와카가 있었다. 즉, 본래의 고이치가.

약속대로 사와카는 구석진 장소의 벤치에 앉아 있었다. 그를 알아본 오기노 씨가 대단하다고 밖엔 할 말이 없었다.

"오이카와 씨네⋯⋯."

중얼거리듯 오기노 씨가 말했다.

"아, 아시는 분이세요?"

떨리는 가슴으로 물어봤다.

"같은 직장에 다니는 분이세요. 오늘은 휴가를 쓰신 줄 알았는데."

거의 말문이 막힐 지경이 되었다.

"자, 자주 가는 가게에 점심을 먹으러 온 게 아닐까요?"

"자기만의 방식대로 살아가는 분이니까, 늘 가는 가게 쪽이 편할지도 모르겠네요."

어쩐지 납득한 눈치다. 안도의 한숨을 내쉰다. 그런 고이치의 옆에서 오기노 씨가 소곤대듯 중얼거렸다.

"아마, 동료라고 생각하시겠죠."

"네?"

"아, 죄송해요. 갑자기 이상한 말을 해서. 그게 말이죠, 전 혼자 있는 걸 좋아해요. 공들여서 도시락을 만들고 천천히 맛을 음미하는 시간이 무척 행복해요. 하지만 옆에서 보면 늘 혼자 도시락을 먹고 있으니 조금은 불쌍한 사람처럼 보이겠죠."

그렇게 생각했어요. 마음속으로 대답했다.

오기노 씨는 무방비한 미소를 띤 채 고이치(실은 사와카의 혼이 들어 있는) 쪽을 바라봤다.

"오이카와 씨도 혼자 있는 걸 좋아하는 분 같아요. 그런 사람이 근처에 있는 것만으로도 마음이 든든하달까……. 멋대로 동료가 된 듯한 기분이거든요. 존재해 주는 것만으로도 좋은 그런 느낌. 아, 죄송해요. 초면인 분께 주절주절 늘어놓다니."

"아, 괜찮아요……."

여전히 난 바보구나.

자신에 대해서는 이런 사람도 있는 거라며 이해하고 있었던 주제에, 오기노 씨도 그런 사람일지 모른다고는 생각조차 하지 않았으니까.

◊ ◊ ◊

여동생의 일로 서론을 꺼낸 뒤 고이치는 한숨 섞인 목소리로 말했다.

"설마 오기노 씨도 저처럼 혼자 있는 쪽을 좋아하는 사람일 줄은 상상도 못 했어요."

틀림없이 동료들의 원 안으로 들어가지 못해서 어쩔 수 없이 혼자 점심시간을 보내고 있다고 단정 지었던 모양이다.

"게다가 내가 나답게 존재해 주는 것만으로도 적게나마 그녀에게 힘이 되고 있었다니……."

대여를 마친 고이치를 배웅하며 가게 현관 앞에 서서 이야기를 나누고 있었다. 불필요한 혼란을 피하려고 사와카는 여전히 '남을 잘 보살펴 줄 것 같은 이십 대 여성'의 모습으로 둔갑한 채였다.

오기노 씨는 나이 차가 나는 남자 동료가 외모 대여까지 해가며 힘이 되어 주려고 했다는 사실을 앞으로도 영영 모를 것이다. 아무런 보답도 바라지 않고 결심한 일을 행동으로 옮긴 고이치만이 '진실'을 간직한 채 살아가리라.

"그럼, 전 이만 가 보겠습니다."

인사를 하는 고이치에게 사와카는 활짝 웃으며 고개를 숙였다.

"이용해 주셔서 감사했습니다."

"어라, 사와카뿐이야?"

오랜만에 예약 손님도 없이 가게 카운터에 멍하니 앉아 있는데 안지가 주렴 너머에서 휙 얼굴을 내밀고 들여다봤다.

"구레하라면 바비큐 세트를 배달하러 갔어."

"아, 맞다. 예약이 들어왔었지."

마토이와 호노카는 거실 소파에서 낮잠을 자는 중이다. 사와카가 봤을 때는 인간으로 둔갑한 채 잠들어 있었는데 지금은 분명 본래 어린 여우의 모습으로 되돌아왔을 것이다.

"지금부터 도미타 씨 댁에 가려는데 사와카도 같이

갈래?"

"도미타 씨가 오래?"

"그건 아닌데. 덤으로 받은 과자가 있어서 나눠 먹으려고."

며칠 전쯤 도미타 씨에 관한 이야기를 할 때 뭔가 생각해 둔 게 있는 듯한 안지의 모습이 떠올랐다. 따라가기로 했다.

가게 문에 '현재 휴식 중입니다. 용건이 있는 분은 이쪽으로 전화해 주세요'라고 적힌 종이를 붙여둔 뒤 걸어서 십 분 정도의 거리에 있는 도미타 씨네로 향했다.

"오, 두 사람이 함께 어쩐 일이야."

아내가 세상을 떠난 뒤 혼자 살고 있다는 도미타 씨는 두 사람의 방문을 반갑게 맞아주었다. 선물로 들고 간 것과는 별개의 과자를 거실 탁자에 낸 뒤 이 대 일로 마주 앉았다.

"실은 도미타 씨에게 사과하고 싶은 일이 있어서요."

서론도 없이 안지가 말을 꺼냈다.

"응? 사과하고 싶은 일이라니?"

오랜 세월 지역의 민속박물관 관장으로 근무해 온 도미타 씨는 둥그스름한 얼굴의 사람 좋은 노인이다. 자택의 정원 관리를 전담하던 업자가 폐업하면서 수목이 황폐해져 가던 차에, '무엇이든 대여점 변신 가면'이 오픈하면서 가지치기 도구를 대여해 스스로 정원을 돌보기 시작했다. 그 이후로 이어온 인연이다.

"마토이와 호노카의 일인데요, 도미타 씨에게는 '건강상의 이유로 요양 중이라 이쪽의 학교로 전학 절차는 밟지 않았다'라고 말씀드렸잖아요."

안지는 감출 수 있는 부분은 철저히 얼버무리면서도, 한편으로는 진실에 가까운 설명을 하기 시작했다.

마토이와 호노카에게는 여러 문제가 있어서 지금은 학교에 다니기 힘들다. 그 문제 중에는 쌍둥이들로서는 집단생활에 적응하기 어려운 이유도 포함되어 있지만, 도미타 씨에게는 변명으로 들릴지도 모른다는 생각에 건강상의 이유라고 적당히 둘러대고 말았다…….

안지는 쌍둥이 걱정을 해 준 도미타 씨를, 처음부터 이해해 줄 리 없다고 단정 지은 채 적당히 거짓말을 둘러댄 것이 상당히 마음에 걸렸던 모양이다.

"그런 사정이 있었구먼."

안지의 이야기를 끝까지 다 들은 도미타 씨가 크게 고개를 끄덕였다.

"이제야 납득이 가는군. 사실 의아하게 느껴지는 면도 있었다네. 이야기해 줘서 다행이야. 뭐, 난 벌써 이런 나이가 됐으니 이해하는 게 좀 더뎌 보일지도 모르겠네. 또 막상 모르는 게 있으면 곧이곧대로 말해버릴지도 모르지. 하지만 제대로 이야기해 준다면 충분히 이해할 마음은 있다네."

"죄송했습니다."

안지는 몸 둘 바를 몰라 하며 연신 머리를 조아렸다.

"안지도 단정 지을 때가 있구나."

집으로 돌아가는 길, 사와카가 가만히 입을 뗐다.

"그럼! 당연히 있지. 가능하면 그러지 않으려고 조심하고 있지만."

묘하게 달관한 듯 보이는 안지라도 사실 따져보면 아

직 열여덟 살이다. 나이 차가 나는 사람들을 대할 때는 아무래도 세간의 이미지라는 필터를 통해 바라보게 되는 부분이 있으리라.

"저기, 사와카."

"응?"

"혹시 사와카가 봤을 때 내가 또 이상하게 단정 지으려고 하면 바로 알려줘."

그만 대답할 타이밍을 놓쳐 버렸다.

"……."

"사와카?"

"아, 그래……. 알았어. 그럴게."

본인의 미숙함을 자신이 부리는 '여우'에게 지적해 달라고 부탁하는 여우술사라니…….

소노지의 목숨이 다했다는 걸 알았을 때 이제 새로운 주인을 찾는 건 틀렸다고 생각했다. 당시에는 진심으로 그렇게 생각했다. 만약 그렇게 단정 지어버린 채 도망쳤다면 지금 이렇게 안지의 곁에 있을 수 없었겠지.

"확실히 무턱대고 단정 짓는 건 좋은 생각이 아닌 것

같네."

　중얼거리듯이 툭 내뱉은 사와카의 말에 안지가 태평한
목소리로 맞장구를 쳤다.

　"맞아, 진짜 안 좋다니까."

　그 옆얼굴은 열여덟 살다운 생기로 가득 차 있었다.

대여 계약 ⑨

아즈마 하루히

여, 42세

무엇이든 대여점 변신 가면

OPEN

전혀 다른 사람이 되고 싶다면, '외모'를 대여해 보세요.

아버지를 아는 지인들은 지금까지도 이런 말을 한다.

"안지의 아버지, 배우처럼 정말 멋있었지."

사진이나 동영상에서 보는 아버지는 확실히 반듯한 이목구비에 늘 쾌활하게 웃고 있어, 모든 면에서 호감도가 높은 사람이었을 것 같다. 실제로는 잘 모른다. 안지가 태어난 지 두 달 만에 세상을 떠났으니까. 안지에게 아버지에 관한 기억은 없다.

"안지, 전화 왔어."

마토이의 목소리에 선잠에서 깨어났다.

읽다 만 과제용 책이 무릎 위에서 떨어졌다. 거실과 가게를 구분하는 주렴의 건너편에서 마토이가 빼꼼 얼굴을 내밀었다. 허둥지둥 소파에서 일어나 가게를 지키고 있던 마토이 쪽으로 향했다.

"문의 전화야?"

"몰라. 그냥 안지 군 있냐고 묻던데."

"이름은 말 안 했어?"

"응."

오래전 손님인 누군가인가.

일단 가게에도 전화는 설치했으나 대부분 문의는 메일로 온다. 이웃에게서 전화가 걸려 오긴 하지만 이름을 대지 않는 경우는 거의 없었다.

"전화받았습니다. 안지입니다."

"아, 안지 군. 있잖아, 지금 마쓰카와 주점이라는 가게 앞인데 여기에서 오른쪽이야? 아니면 한 블록 더 가서 오른쪽인가?"

그 목소리를 듣는 순간 다운된 컴퓨터처럼 머릿속이 일시 정지 상태가 된다.

심호흡을 한 번 했다.

"…… 혹시…… 엄마?"

"응."

수화기에서 들려오는 목소리는 확실히 자신의 엄마 목소리 같았다. 그럴 수 있지. 전화라면 지구 반대편에서도 걸 수 있으니까.

"마쓰카와 주점이라면 닫힌 셔터 앞에 빈 맥주병 상자

가 산처럼 쌓여있는 거기?"

"맞아. 그 마쓰카와 주점. 안내문도 안 붙어 있던데 이 가게 망한 거야?"

틀림없다. 근처 버스정류장에서 대여점까지 걸어오는 길의 교차점에 있는 그 마쓰카와 주점이다. 무슨 이유에 선지 엄마가 거기에 있는 모양이다. 어째선지 대학 입학 을 계기로 외동아들이 독립하기가 무섭게 집을 정리하고 멕시코로 이민을 가 버린 엄마가.

주렴의 뒤쪽에서 마토이와 호노카가 거실로 들어온 엄 마를 관찰하고 있다.

"우리 엄마야."

소개해 준 뒤에도 무엇 때문인지 멀찌감치 떨어져 있다.

아무런 연락도 없이 갑자기 찾아온 엄마는 변함없이 눈에 튀는 차림이었다. 헐렁헐렁한 초록색 스웨터에 치맛 단이 똑 잘린 핑크색 주름치마, 가까운 미래에나 신을 법 한 디자인의 스니커즈. 머리끝만 탈색한 검은색 짧은 단 발머리에다 귀에는 거대한 링 피어스까지. 마치 해외 패션 관계자 같은 모습이다. 자그마한 체구 때문인지 마흔 두 살로도 보이지 않는다. 그래서 엄마라는 걸 믿지 않는 건가.

"괜찮아. 겁먹지 마."

엄마가 소파에서 손짓으로 마토이와 호노카를 부른다. 그래도 가까이 오지 않는다. 그때 갑자기 가게 쪽에서 구레하의 꾸지람 소리가 들려왔다.

"마토이, 호노카! 가게 보라니까 어디 간 거야!"

대여용품 배달을 갔다가 돌아온 모양이다. 쌩하고 마토이와 호노카가 모습을 감췄다. 구레하에게 부리나케 달려간 듯했다.

"어째서 날 경계하는 걸까?"

영문을 몰라 하는 엄마에게 안지 또한 고개를 갸웃거릴 수밖에 없었다.

주렴 건너편에서 소곤소곤 대화하는 목소리가 들려온다. 마토이와 호노카가 방문객에 대해 보고하는 듯했다. 잠시 후 구레하가 거실로 들어왔다. 안지 옆에 있는 엄마를 흘낏 보더니, 순간 눈이 휘둥그레진다. 별난 차림새에 놀란 건지도 모른다.

"아드님께는 신세를 많이 지고 있습니다. '여우'인 구레하라고 합니다."

무장을 섬기는 가신처럼 호들갑스럽게 한쪽 무릎을 세우고 인사하는 구레하를 보며 엄마는 깜짝 놀란 기색이다.

"난 그저 안지 군의 엄마일 뿐이야. 어려워할 것 없어. 알았지?"

구레하의 시선이 안지를 향했다. 어떻게 하면 되는지 묻고 있는 표정이다.

"엄만 여우술사에 대해선 잘 모르니까. 그냥 편하게 대해."

알겠다는 대답 대신 구레하는 가볍게 인사하고 자리에서 일어나더니 주방으로 향했다. 그러고 보니 차도 내오지 않았네. 안지는 그 순간 처음으로 깨닫는다. 엄마의 갑작스러운 방문에 자기도 모르게 긴장하고 있었던 건지도 모른다.

엄마에게 사랑받으며 컸다고 생각하고 있으며 <u>스스로</u>

도 엄마를 그리워하고 있었지만, 아무래도 떨쳐 낼 수 없는 복잡한 감정도 있었다.

아버지는 심장병으로 갑자기 돌아가셨다. 스물여섯의 나이였다. 아무리 생각해도 너무 이른 죽음이다. 보통의 아버지라면 스물여섯보다 훨씬 오래 사는 경우가 더 많다는 사실을 알았을 때 안지의 마음속에 그 생각이 싹텄다.

난 정말 태어나길 잘한 걸까?

묻고 싶었으나 그러지 못한 채 지냈다. 벌써 오랫동안. 돌아올 대답이 무섭기도 했고 그런 질문을 한다면 엄마에게 상처가 되지 않을지 걱정도 되었다. 그래서 묻지 못했다. 자기 자신이 그런 비밀스러운 마음을 품고 있기 때문일까. 엄마 역시도 비슷한 감정을 품고 있는 것처럼 느껴졌다.

언제부턴가 엄마의 돌발 행동에 불안을 느끼게 되었다. 듣고 싶지 않은 말을 듣게 되는 건 아닐까.

어렸을 때도 한 번 경험한 적이 있었다.

갑작스레 세상이 변했다. 엄마에게 전해 들은 그 사실 하나 때문에.

당시의 한 마디 한 구절을 지금까지도 기억하고 있다.

"할아버지의 피를 이어받은 남자아이한텐 다른 애들과는 좀 남다른 면이 있단다. 궁합이 맞지 않는 사람과는 함께 있는 것만으로도 불행을 몰고 오는 경우가 있어서, 때로는 뜻하지 않은 죽음을 초래하는 일도 생기지. 그러니 특히 안지는 세심하게 주의를 기울여야 한단다. 함께 있어도 괜찮은 사람인지 아닌지."

초등학생 시절에 엄마에게 들은 이야기였다.

어째선지 사이좋은 친구들만 병에 걸리거나 교통사고를 당하기도 하고 부모님의 일이 잘 풀리지 않아서 전학을 가는 등, 그런 일들이 이어졌다.

왜 내 주변의 친구들에게만 이런 일이 벌어지는 걸까. 역시 이상한 생각이 들어서 엄마에게 물어본 적이 있었다. 그때였다. 자신이 여우술사라는 혈통을 이어받은 인간이라는 사실을 알게 된 건. 그 이후 친하게 사귄 친구는 없다. 반 친구 그 이상은 되지 않도록 스스로 방어막을 치는 게 일상이 되었다.

혼자 있게 되면서 자연스레 깨달은 점이 있다. 아버지의 일이다.

엄마의 이야기에 따르면, 여우술사의 능력은 남자에게만 계승된다고 했다. 즉, 여우술사의 혈통을 이어받았다해도 엄마에게는 능력 자체가 부여되지 않는다는 뜻이다.

아마도 아버지는 그저 사랑을 한 것뿐이라고 생각한다. 조금 모습은 별나도 예술 계통의 국립대학에 다니는 지극히 평범한 젊은 여자와 사랑에 빠져 결혼했다. 그리하여태어난 아이가 여우술사의 능력을 이어받은 자신이다.

엄마의 설명 중에 언급된 '궁합이 맞지 않는 사람'이라는 말이 너무도 마음에 걸렸다. 친부모 자식 간이라면 그섭리에서 벗어날 수 있는 걸까. 아니면 친부모 자식 간이라 해도 피할 수 없는 걸까. 아버지는 대체 어디까지 사정을 알고 있었던 걸까…….

엄마는 딱 잘라 말했다. 아버지는 원래 심장에 지병이있었고 그 때문에 죽은 거라고. 그 이상의 의미는 아무것도 없다고. 물론 엄마의 말을 의심하는 건 아니다. 그래도 마음 어딘가에는 항상 죄의식 같은 감정이 남아 있었다.

나라는 존재가 아버지에게 불행을 불러오게 한 건 아닐까.

그래서 아버지는 죽어 버린 건지도 모른다. 자신 안에 흐르는 여우술사라는 피 때문에.

배달 갔다 늦게 돌아온 사와카까지 가세해서 그제야 '외모 대여점'의 종업원 겸 동거인들이 전원 거실에 모였다.

U자형 소파의 한가운데에 안지와 엄마가, 안지의 오른편에는 마토이와 호노카가, 엄마의 왼편에는 사와카와 구레하가 앉았다. '여우'들은 모두 입을 다물고 있었다. 안지나 엄마가 뭔가 이야기를 꺼내길 기다리는 눈치였다.

"음, 그러니까."

안지가 입을 열자마자 모두의 시선이 일제히 U자형 소파의 중심으로 쏠렸다.

"어째서 갑자기 온 거야?"

엄마에게 물어봤더니 정작 당사자는 시치미를 뗀 얼굴

로 답이 없다.

"저기, 엄마?"

"응? 아, 나 말이야?"

안지가 고개를 끄덕이자 몸을 대각선으로 돌리며 말한다.

"미안, 미안."

이제 안지와 마주 보는 자세가 되었다.

"뭐라고 했지?"

"그러니까 그…… 어째서 갑자기 멕시코에서 여기까지 일부러 온 건지 궁금해."

"어머, 오면 안 되는 거야? 그야 네가 지금 어떤 곳에서 살고 있는지 사진으로밖에 본 적이 없으니까."

그러고 보니 대학에 입학하면서 이사하게 되었을 때는 엄마도 함께 왔었다. 여기로 이사 올 때 이미 엄마는 멕시코에 있었기 때문에 절반쯤 일이 끝난 뒤 보고하는 형식으로 가게와 거주 공간의 사진을 첨부하여 메일을 보냈을 뿐이다.

"한번은 제대로 보러 오고 싶었어."

그런 설명을 들으니 이해하게 된다. 역시 그렇겠지. 다만, 그걸로 완전히 수긍한 건 아니다. 마음속 어딘가에는 아직 의문이 남아 있었다. 진짜 이유가 뭘까.

"그건 그렇고."

엄마가 가게와 구분이 된 주렴 쪽으로 눈을 돌렸다.

"가게는 잘 돼가?"

"사와카랑 구레하가 열심히 해 주고 있으니까."

엄마가 두 변신 여우의 얼굴을 차례로 바라봤다.

"너희들이 아버지의 임종을 곁에서 지켜주었구나."

"네."

사와카가 대답했다.

할아버지가 숨을 거둔 건 안지가 여우술사의 능력을 물려받은 직후였다. 의식이 사라지듯 잠들어 버린 안지가 눈을 떴을 때, 이미 할아버지는 오래 살아온 산의 일부가 되어 있었다. 무덤에 묻히는 건 원하지 않아서 일찍부터 산에 유골을 뿌릴 수 있도록 허가를 받아두었다고 했다. 안지가 잠든 사이에 사와카와 구레하가 모든 일을 끝낸 상태였다.

"내겐 한 번도 의지한 적 없는 아버지였지."

엄마가 할아버지의 이야기를 하는 건 실로 드문 일이었다. 어릴 적에 헤어진 뒤로 한 번도 만난 적이 없다고 했다. 이야기할 만큼의 기억이나 추억도 없으리라.

"하지만 여우술사의 힘을 안지 군에게 물려줬기 때문에 결과적으로는 내가 있어서 다행이었던 거네."

"잊어주는 것 말고는 당신이 딸에게 해 줄 게 없다고 말씀하셨어요."

구레하가 불쑥 말했다.

"…… 바보 같은 아버지네."

엄마가 눈물을 흘리는 모습을 오랜만에 봤다.

웬만해선 울지 않기 때문에 어릴 때는 진심으로 엄마는 우는 법을 모르는 거라고 생각했다. 자신의 앞에서 울지 않는 것뿐이라는 건, 엄마에게 있어서 키워준 부모나 다름없는 큰어머니(안지에게는 큰할머니에 해당하는)가 돌아가셨을 때 알았다.

비명에 가깝게 소리 지르며 엄마는 울고 있었다.

"있잖아, 안지 군."

홍차를 다시 채웠을 무렵 조금은 달라진 어조로 엄마가 안지를 불렀다.

어릴 적 세상이 확 달라졌던 그때도 엄마는 이런 식으로 조금 음색을 바꾼 뒤 안지에게 말을 꺼냈다. 기억하고 있다. 이번에도 그런 건가. 그 순간 가슴이 싸해졌다. 뭔가 불길한 이야기를 하려는 건지도 모른다. 두려워서 엄마 얼굴을 쳐다볼 수 없었다. 시선을 떨어뜨린 채 엄마의 목소리에 귀를 기울였다. 아무쪼록 이번엔 세상이 바뀌지 않도록 해 주세요. 기도하면서.

"사실 얼마 전에 사건 하나가 터졌어."

사건?

예상 밖의 이야기에 무심코 고개를 번쩍 들었다.

"우리 집 근처에서 총격전이 벌어졌는데 빗나간 총알이 머리를 스쳤어."

핑하고 현기증이 나는 것만 같았다.

"왜 바로 연락하지 않은 거야!"

자기도 모르게 언성을 높이고 말았다. 마토이와 호노카가 동시에 깜짝 놀란 기색이 역력했다.

"스친 것뿐이고 치료도 금방 끝나서 입원도 안 했는
걸."

"아무리 그래도……."

엄마는 세계 각국의 민예품을 독창적인 시선으로 사
진에 담아 발표하는 민예품연구가이자 사진작가였다.
책도 몇 권인가 냈고 최근 저서는 SNS에서 사진에 관한
참고서로 인기를 끌며 상당한 판매고를 기록하고 있는 듯
했다.

특히, 멕시코 자수와 멕시코 전통 축제인 '망자의 날'과
관련된 민예품에 상당히 조예가 깊었다. 그런 엄마였기에
멕시코로 이주하는 것에 반대하지 않았는데.

엄마는 이야기를 이어갔다.

"결과적으로는 가벼운 부상이었지만 그 순간에는 역시
나 죽음을 각오하게 되더라. 그랬더니 네게 아직 말하지
않은 게 생각나는 거야. 언제 죽어도 이상할 게 없는 삶이
라면 지금이 기회라고. 당장 말해야겠다고 생각했어."

그리하여 갑작스레 귀국한 모양이다.

"지금 이야기해도 될까?"

옆에서 엄마가 얼굴을 들여다보고 있었다. 말없이 고개를 끄덕였다.

"이미 각오는 하고 있었지만…… 안지 군의 친구들에게 차례로 안 좋은 일이 생기는 걸 보고 있으려니 새삼 그런 생각이 드는 거야. 아, 역시 그런 건가. 이 아이도 여우 술사의 능력을 이어받았구나."

엄마가 무심결에 미소를 지었다.

"안지(庵路) 군의 이름 말이야, 안주(庵壽) 군의 이름에서 글자 하나를 따온 거잖아?"

엄마는 옛날부터 남편을 '여보'라고 부르지 않았다. 한결같이 '안주 군'이라고 불렀다.

"사실 난 시오리(庵)란 이름으로 짓고 싶었어. 그랬더니 안주 군이 제대로 '지(路)' 자를 붙이라잖아. 우리 집안의 남자에게는 대대로 '지'란 돌림자가 들어간다는 걸 그는 알고 있었거든."

엄마의 가계에 대해 알고 있었다니……. 그렇다면 혈통에 관한 이야기도?

"아버지한테 어디까지 이야기한 거야?"

"그이한텐 뭐든 털어놓았어."

"그럼 아버지는…… 만약 남자애가 태어난다면 본인한 테 불행한 일이 생길지도 모른다는 걸 알고 있었어?"

"물론이야. 알고 있었기 때문에 나랑 결혼한 거나 마찬 가지인걸."

무슨 뜻이지? 안지가 혼란스러워하자 엄마는 잠깐만 기다려달라는 듯 크게 심호흡을 했다.

"안주 군은 원래 시한부였어. 심장에 지병이 있었다고 했잖아? 그이는 내게 이렇게 프러포즈했어. 자긴 어쨌든 일찍 죽을 운명이라고. 그러니 아무런 걱정도 하지 말고 자기 아이를 낳아도 된다고. 태어난 아이가 남자애여도 애초에 자기는 저주에 걸린 몸이니까 새로운 불행 따윈 아무런 의미가 없다고 말이야."

그런 거였구나…….

충분히 납득한 후에 아버지는 여우술사의 혈통을 이어 받은 엄마와 결혼하고 아이가 태어나길 바랐던 걸까.

무언가가 몸속을 쓱 관통하여 사라진 듯한 기분이 들 었다. 오랫동안 쌓여 있던 무언가가.

"진실은 나도 몰라. 안주 군의 심장이 견디지 못했던 건지, 아니면 그 불행 때문이었는지는. 다만, 안주 군의 프러포즈가 아니었다면 난 아이를 낳을 결심은 못 했을지도 몰라. 안주 군 덕분에 난 안지 군과 만날 수 있었어."

엄마는 "하지만 말이야" 하며 눈을 내리깔았다.

"지금 내가 하는 이야기의 진실은 사실 알 수 없는 거니까, 더욱 안주 군이 헌신해 준 덕분에 얻은 목숨이라는 생각이 들기도 할 거야. 그래서 난 네 스스로 여우술사가 될지 말지를 결정할 때까지는 이야기하고 싶지 않았어. 혹여라도 네가, 안주 군 덕분에 태어난 목숨인데 나 좋을 대로 할 수는 없다고 생각하지 않길 바랐으니까."

뭔가 감추는 부분이 있다는 건 느꼈지만 그런 마음이 숨겨져 있을 줄이야.

엄마의 말대로 진실은 모른다. 여우술사의 피를 이어받은 본인과의 궁합이 좋지 않아서 아버지의 죽음에 영향을 끼친 건지 어떤지는. 알 수 없는 일에 괴로워 해봤자 아무 소용도 없다. 지금은 그저 마음에 되새기는 거다. 난 부모님의 바람으로 태어났다는 사실만을.

사랑했던 남편을 부를 때처럼 이름 뒤에 '군'을 붙여 자신을 부르는 엄마에게 매달려 울고 싶다는 충동이 인다. 하지만 이제 그런 일은 할 수 없다. 자신은 벌써 열여덟 살인 데다 '여우'들의 주인이니까.

그 대신 지금의 자신만이 할 수 있는 일을 찾는다. 딱 한 가지 있었다. 오직 현재의 본인만이 가능한 일이.

"흠흠."

안지는 헛기침을 했다.

"저기, 엄마."

분명 기뻐해 줄 것이다.

의심의 여지도 없이 안지는 그 제안을 말로 꺼냈다.

"아버지의 '외모'를 대여해 볼래?"

터질 듯한 웃음소리가 거실 안에 울려 퍼졌다.

"엄마한테까지 영업하는 거니? 일에 열심이네."

"그런 게 아니라……."

변명하는 안지를 가로막듯이 엄마가 미소 띤 얼굴로 말했다.

"안주 군 엄청나게 멋있었다? 그렇게 간단히 둔갑하긴

어려울 텐데."

"저기…… 아가씨."

그때까지 말없이 이야기를 듣고 있던 사와카가 조심스레 입을 열었다.

"외람된 말씀이지만, 저희가 둔갑하지 못할 외모는 없습니다. 움직이는 모습이라든가 적어도 사진을 보여주시기만 하면 거의 정확하게 가능합니다."

엄마가 고개를 옆으로 휙휙 젓는다.

"그런 뜻이 아니야, 여우 군."

더 이상 그 눈에 눈물은 없다.

"내가 만나고 싶은 건 그이의 외모를 한 누군가가 아니야. 바로 그 사람이야. 나를 그 누구보다 사랑해 주고 성가신 집안 내력조차 재미있어 하며 저주에는 저주로 대응하자고 웃어준, 바로 아즈마 안주라는 사람. 설령 네가 그이와 똑같은 모습으로 둔갑한다 해도 그 사람은 아냐."

엄마는 사와카와 구레하, 마토이, 호노카의 얼굴을 차례로 바라보며 말했다.

"내겐 '빌리고 싶은 외모' 같은 건 없어. 난 그래."

결국 엄마는 그날 바로 대여점을 뒤로한 채 떠났다.

놀랍게도 뉴욕에서의 첫 개인전을 이틀 앞두고 결심이 섰다는 이유만으로 귀국한 것이었다.

부랴부랴 택시를 불러 안지가 역까지 동행했다. 이대로라면 탑승 예정 시간 안에 공항까지 갈 수 있을 것 같다며 엄마는 역의 플랫폼에서 한숨을 내쉬었다.

"왠지 기쁘다……. 새삼 안지 군에게 배웅받는 기분이라니."

불쑥 엄마는 그렇게 말했다.

"안주 군과 약속했어. 우리 아들이 커서 무사히 독립하면 둘이서 세상을 여행하며 살자고."

그래서 갑자기 집을 처분하고 멕시코로 간 건가…….

지금에 와서야 그 돌발 행동에도 의미가 있었다는 사실을 알게 되었다. 단순한 변덕이 아니었구나. 그때 갑자기 엄마가 와락 어깨를 껴안았다. 안지 쪽이 키가 컸기 때문에 엄마는 까치발을 하고 있는 듯했다. 몸의 오른쪽으로 묵직한 무게가 느껴졌다.

"나도 자유롭게 살아갈 테니까. 안지 군도 그렇게 살아.

여우술사 일도 그만두고 싶으면 그래도 돼. 저 여우들, 정확히는 형 여우들은 분명 이해해 줄 테니까."

어떻게 대답해야 좋을지 몰라서 안지가 묵묵히 서 있자, 엄마는 꼿꼿이 들고 있던 뒤꿈치를 내리면서 말을 덧붙였다.

"할아버지의 좋은 점만 본받으렴. 나쁜 점은 본받지 말고."

엄마가 까치발을 내리자 한층 몸이 오른쪽으로 커다랗게 기울었다.

"할아버지의 나쁜 점이라니?"

"좋아하는 사람 곁에 있으려고 하지 않은 점."

엄마가 천천히 팔을 풀었다.

"난 충분할 만큼 행복한 어린 시절을 보냈지만 그래도 역시 아버지와 함께 살아보고 싶었어."

플랫폼으로 열차가 들어왔다.

"이 사람이다 싶은 상대와는 궁합이고 뭐고 신경 쓰지 말고 옆에 있고 싶다고 솔직하게 말해도 돼."

승강구 문이 열리자 기차에 올라타면서 엄마가 말을

이었다.

"안지 군은 아이가 아냐. 앞으로 네가 좋아하게 될 사람도 분명 아이가 아닐 테고. 그러니까 이젠 괜찮아. 무서워할 필요는 없어. 마음 가는 대로 살아도 돼, 이제."

그 말을 끝으로 엄마는 후련해진 얼굴로 뒤돌아봤다.

"와, 그동안 못했던 말을 전부 해버렸네. 이걸로 아무 걱정 없이 돌아갈 수 있겠어."

막 닫힌 문 건너편에서 엄마가 손을 흔든다. 또 보자. 그 입술이 움직이는 것을 보면서 안지도 손을 흔들었다.

"또 봐, 엄마……."

기다란 선로 위를 천천히 달리기 시작한 열차를 배웅하면서 안지는 생각했다.

누구를 위해서가 아닌, 스스로 인생을 소중히 여기며 살아간다. 부모님이 자신에게 바란 건 그것뿐이라는 사실을 알게 되었다. 이보다 커다란 애정이 또 있을까. 이토록 크나큰 사랑을 받았으니 되는 대로 살아갈 수는 없다.

소중히 여기며 살아가자.

안지는 흔들고 있던 손을 살며시 내렸다.

집에 돌아오니 어린 여우의 모습으로 돌아온 마토이와 호노카가 동시에 와락 달려들었다.

"뭐야, 둘 다 왜 그래."

안지가 물어도 각각 코끝을 어깨에 비비적비비적할 뿐이다.

"어머니가 안지를 데려가려고 온 거 아니냐며 걱정한 눈치야."

구레하가 대신 설명해 주었다. 그래서 그토록 경계했던 건가.

주방에 있던 사와카가 말을 걸어왔다.

"이제 오늘은 예약도 없으니까 일찍 가게 문을 닫고 스키야키나 해 먹을까?"

"좋지, 근데 웬 스키야키?"

"아니 뭐, 그냥 먹고 싶어서."

우물거리는 모습을 보아하니 안지가 엄마와 나누는 대화를 듣고 뭔가 느끼는 게 있었던 모양이다.

"스키야키, 좋은데."

"좋아, 결정했어."

구레하가 소매를 걷어붙인다.

"마토이도 호노카도 그 상태로는 스키야키 못 먹는다."

쌍둥이들에게 다시 인간의 모습으로 둔갑하라고 재촉하면서 식탁으로 향한다.

앞날은 모른다. 하지만 안지는 생각한다. 그저 지금은 이곳이, 소중한 자신의 인생을 살아가는 데 필요한 장소라고.

대여 계약 ⑩

도노 스미카

여, 15세

무엇이든 대여점 변신 가면

OPEN

전혀 다른 사람이 되고 싶다면, '외모'를 대여해 보세요.

안지와 함께 '외모 대여점'을 시작한 지 수 개월이 흘렀다. 호노카에게는 '인간사회'의 가장자리에서 주뼛주뼛 발을 내딛기 시작한 지 수 개월째이기도 하다.

완전히 적응해서 편안해진 것 같기도 하고 여전히 너무도 불가사의한 세상을 슬쩍 엿보고 있을 뿐이라는 기분도 든다.

요력은 서서히 단련되어가고 있다. 막 산에서 내려왔을 무렵과 비교하면 사람의 모습으로 둔갑할 수 있는 시간이 압도적으로 길어졌다. 이웃과 서서 이야기를 나눌 때 슬며시 사와카나 구레하가 팔꿈치로 옆구리를 찌르는 횟수도 줄었다.

호노카는 생각한다. 이대로 쭉 안지와 함께 살다 보면 어느새 자신은 인간 그 자체가 되어버리는 게 아닐까. 지금으로선 그게 싫지도 좋지도 않다. 그저 안지와 함께 살아가는 지금 생활이 편안하다고 느끼고 있을 뿐이다.

만약 이대로 인간 그 자체가 되어 버린다면 현재의 자

신에게 부족한 게 뭘까. 호노카는 고민해 본다.

"있잖아, 마토이."

가게를 지키고 있는 마토이에게 주렴 너머로 말을 건다.

"왜?"

졸린 듯한 목소리다. 손님이 없는 오후 세 시쯤이지만 졸음이 쏟아질 시간대는 아니다.

"중고등학생 여자애가 한창 빠져 있을 만한 게 뭐라고 생각해?"

"글쎄. 그런 건 사람에 따라 다른 거 아냐?"

"막 떠오른 생각도 괜찮으니까 말해 봐!"

"음…… 그럼, 동아리 활동이려나?"

"그게 뭔데?"

"학교생활의 연장인데, 운동을 하거나 악기를 연주하거나 하는 관심사에 따른 모임이랄까."

"아, 그거. 그렇구나. 또 다른 건?"

"푹 빠져 있는 거 말이지? 음, 뭐가 있을까……. 스마트폰 같은 거?"

"스마트폰의 어디에?"

"어디냐니, 편리한 점 아닐까?"

"편리함에 푹 빠져 있단 뜻이야?"

"그거랑은 좀 다른 느낌이긴 한데⋯⋯. 호노카, 난 잘 몰라. 안지가 학교에서 돌아오면 물어보든가."

비교적 끈기 있게 대답해 주던 마토이도 결국 손을 떼고 말았다.

"응? 중고등학생 여자애가 푹 빠져 있는 거? 어려운 질문인데."

안지도 거의 마토이와 같은 반응이었다. 질문 방법을 바꿔보기로 한다.

"그럼, 내가 좀 더 중고등학생 여자애처럼 보이려면 어떻게 하는 게 좋을 것 같아?"

"아, 둔갑을 위한 질문이었어?"

고민하는 표정으로 안지는 스마트폰을 손에 쥐었다. 뭔가 검색을 하고 있다.

"어느 설문조사를 찾아보니까 1위가 '없음'으로 되어 있는데⋯⋯. 하긴, 나도 중고등학교 시절에 그런 질문을 받았다면 딱히 없다고 대답했을 것 같긴 해."

화면을 스크롤 하던 손가락이 멈췄다.

"사랑이 상위에 올라와 있는 것도 있네."

"사랑?"

"사람을 좋아하는 감정을 뜻하는 그거."

사랑이라.

그렇군. 확실히 십 대 여자애다운 대답이다. 마토이와 슈퍼마켓에 물건을 사러 갔을 때 살금살금 뒤따라오던 여고생들이 마토이를 열정적인 눈빛으로 쳐다보던 게 기억난다.

그 여학생들은 마토이를 향한 설레는 감정을 모두가 공유하면서 그 상황을 즐기고 있었다. 흐음. 호노카는 생각한다. 확실히 그 모습이 귀엽긴 했다. 다만, 그 애들에게 있어서 마토이 같은 존재라면 이미 호노카에게도 있다.

소파 팔걸이에서 내려온 호노카는, 식탁에 앉아 장부를 펼쳐 든 사와카의 옆얼굴을 바라봤다. 시선에 신경조차 쓰지 않은 채 전자계산기를 두드리고 있는 사와카. 그 내리깐 눈언저리의 그림자마저도 넋을 잃게 만든다.

이게 사랑일까? 그렇다면 훨씬 전부터 자신은 중고등학생 여자애다운 면모를 갖추고 있는 거나 마찬가지다. 어쩌면 이건 사랑이 아닐지도 모른다.

대체 사랑에 푹 빠진다는 건 어떤 걸까.

안지에게 물어보려다 관뒀다. 아까처럼 어려운 질문이라고 말할 게 눈에 선하다.

무엇보다 스스로 의문에 대한 답을 찾을 수 있다면 더욱 인간답게 둔갑할 수 있을 것 같았다. 어쩐지 그런 생각이 든다.

좋았어. 호노카는 남몰래 결심했다.

사랑에 흠뻑 빠지면 인간은 어떻게 될까. 이제부터 주의 깊게 살펴봐야지. 관찰 대상이라면 얼마든지 있다. 이성으로부터 뜨거운 시선을 받는 쪽은 딱히 마토이뿐만이 아니다. 사와카와 구레하도 근처 아주머니들은 물론이고 자주 들르는 가게의 카운터에 있는 언니들에게서도 늘 주목을 받고 있다. 옆에서 살펴보면 누구든 알아차릴 수 있을 만큼 안지와 함께 있을 때와는 태도가 완전히 다르니, 결코 호노카의 착각일 리가 없다.

"…… 안지도 그럭저럭 봐줄 만한데."

무심코 호노카가 입에 올린 한마디에 안지가 쳐다본다.

"응? 내가 어떻다고?"

막 고개를 든 터라 안경이 미묘하게 흘러내린 상태다. 좀 전까지 바라보던 사와카와 비교하니 역시 외모는 뒤처지지만 다정한 눈빛은 꽤 매력적이지 않나, 하고 호노카는 생각했다.

◊ ◊ ◊

여자는 인기가 생명이다.

도노 스미카는 그렇게 믿어 의심치 않는다.

초등학생 시절, 반의 중심에 있던 아이들에게서 엄청나게 무시당하던 오카와라는 여자애가 있었다. 그 애가 딱 보기 좋은 예다.

오카와는 중학교에 입학하기 전 봄방학 때 다이어트인지 뭔지를 혹독하게 했는지 완전히 딴사람이 된 것처럼 예뻐진 모습으로 입학식에 나타났다. 그 애를 알던 예전 동급생들을 깜짝 놀라게 하더니, 바로 그날 남자 선배로부터 갑작스레 고백까지 받았다. 더구나 그는 학교에서 가장 잘나가는 선배였기 때문에 당연히 오카와의 가치도 급격히 올라갔다. 결국, 3학년이 된 현재까지 오카와는 스미카의 학년에서 톱으로 군림해 오고 있다.

야무지지 못한 데다 옷차림에 신경을 쓴 적도 없던 스미카가 갑자기 외모에 집착하기 시작한 건 순전히 오카와 덕분이다. 그러한 대역전 성공 스토리를 가까이에서 목격한다면 누구라도 '인기가 최고!'라고 여기게 된다.

오카와처럼 멋진 중학생으로 등장하는 건 불가능했지만, 1학년 때부터 꾸준히 예뻐지려고 노력해 온 보람 덕분인지 2학년에 올라가자마자 스미카는 잇따라 남자애 두 명에게서 고백을 받았다. 둘 다 자신의 취향이 아니어서 정중히 거절하긴 했지만, 눈 깜짝할 새에 스미카는 '인기 있는 애'라는 이미지를 얻었다. 그때부터는 이미 승승장구다. 정기적으로 누군가에게 고백받는 사람이 되었다.

여전히 지금도 '인기 있는 애'로 반에서 적당한 포지션을 차지하고 있는 터라, 스미카에게 학교는 너무도 즐거운 장소다. 힐끔힐끔 시선을 보내는 남자애와 복도에서 스쳐 지나갈 때의 그 쾌감이란! 의식하고 있는 게 보이는 남자애에게, 눈치채지 못한 척하면서 말을 거는 건 더욱 즐겁다.

불만도 불안도 없이 하루하루를 보내는 자신이야말로 성공한 그룹에 속해 있다고 생각했다. 여자는 인기가 생명이라는 걸 일찌감치 깨달아서 정말 다행이라고 생각하며 분명 앞으로도 충실한 나날을 보낼 수 있으리라 확신했는데…….

스미카에게 마른하늘에 날벼락과도 같은 일이 일어난 건 불과 일주일 전이었다.

같은 반에 고다마 소지라는 남자애가 있었다.

같은 초등학교 출신에다 키가 작은 것 말고는 이렇다 할 특징이 없는 남자애였는데, 최근 한 달 정도의 사이에 깜짝 놀랄 만큼 키가 컸다. 그러자 어쩐 일인지 얼굴 생김새도 갑자기 어른스러워져서 모 젊은 배우와 쏙 빼닮았다는 말을 듣게 되었다.

당연히 여자애들 사이에서는 떠들썩한 화제가 되었고,

심지어 오카와가 고백했다가 차인 것 같다는 사실무근의
소문마저 떠돌았다. 어느새 고다마 소지의 입지는 남학생
들 가운데 톱으로 뛰어올랐다.

주변의 분위기에 휩쓸린 듯 고다마의 존재가 너무도
신경 쓰이던 스미카는, 슬며시 의도적으로 그에게 접근했
다. 스쳐 지나갈 때 일부러 가볍게 부딪혀본다거나 하교
시간을 맞춰보는 등 다른 남자들에겐 잘 먹혀서 순식간에
태도가 바뀌게 만들었던 방법이 고다마에게는 전혀 통하
지 않았다. 본래 독서를 좋아하는 문과계 남자애여서 여
자애들과 북적대며 어울리는 타입도 아니었다. 메시지를
보내고 싶어도 스마트폰조차 가지고 있지 않았다.

대체 어떻게 해야 넘어올까. 온종일 고다마만 생각하며
지내는 나날……

그리하여 스미카는 '인기 있는 애'지만 남자친구가 없
는 캐릭터가 마음에 들면서도, 결국 이런 결심을 하게 되
었다. 고다마를 첫 남자친구로 만들겠다고.

지난주 금요일, 스미카는 고다마를 방과 후 옥상으로
불러냈다. 그의 필통에 메모를 숨겨 두었다. 한 시간을 기

다렸지만, 고다마는 오지 않았다. 보통은 바람맞았다고 생각하겠지만 스미카는 달랐다. 분명 고다마가 그 메모를 보지 못한 거라 여기며 이번에는 직접 방과 후 옥상으로 와달라고 말했다. 쉬는 시간, 복도 구석에서였다. 그러자 고다마는 그 자리에서 이렇게 말했다.

"그런 건 민폐니까 이제 좀 그만해 줄래."

숨겨뒀던 메모를 제대로 봤으면서도 무시했다는 사실을 단호히 밝히며 거절한 것이다.

충격을 받은 스미카는 이틀이나 학교를 쉬었다. 다행히 오카와처럼 소문이 떠돌지는 않았지만, 고다마에게 차였다는 사실이 스미카를 서서히 괴롭혔다. 그토록 즐거웠던 학교가 전혀 재미있지 않았다. 어떻게든 기분을 바꿔보려 했지만 역부족이었다. 무엇을 해도 고다마가 내뱉은 거절의 말이 머릿속을 스쳤다.

일주일이 지났으나 고다마의 거절 때문에 받은 충격이 스미카의 마음속에서 흐릿해질 기미는 보이지 않았다. 얼굴을 살짝 옆으로 외면한 채 쌀쌀맞게 내뱉던 그 말.

"그런 건 민폐니까 이제 좀 그만해 줄래."

떠올리기만 해도 온몸의 피부가 따끔따끔 아려왔다.

이대로라면 미쳐버릴지도 몰라!

어떻게든 수를 써야 했다. 안절부절못하던 스미카는 스마트폰을 들여다보며 답을 찾으려 애썼다. 검색 키워드는 세 가지 '차였다' '괴롭다' '회복하려면'이었다.

정처 없이 여기저기 웹서핑을 하다가 어느 대여점 사이트에 다다랐다. 대여 가능한 항목들을 별생각 없이 둘러보는데 퍼뜩 생각 하나가 떠올랐다. 그거야. 이 기분을 어떻게든 수습하려면 이 방법뿐이야.

일단 두 시간 정도 고민해 본 뒤 스미카는 그 대여점에 예약 메일을 보냈다.

도노 스미카라고 합니다. '엄청나게 예쁜 여자애의 외모'를 대여하고 싶어요. 예약 가능한 날을 알려 주세요.

여러 차례 메일을 주고받은 끝에 무사히 예약을 마쳤다.

자신도 제법 귀여운 편에 속한다고 생각했는데…… 이 여자애는 차원이 다르다.

"…… 의뢰한 그대로네요."

스미카는 한숨 섞인 목소리로 말했다.

"희망하신 대로라니 다행입니다."

은테 안경을 쓴 점장이라는 남자가 대답했다. 아즈마 안지라는 이름의 이 남자는 아직 고등학생으로 보일 만큼 젊어서 옆에 서 있는 검정 의상 쪽이 차라리 더 점장 같았다.

스미카의 눈앞에는 같은 나이로 보이는 여자애가 있다. 의뢰대로 '엄청나게 예쁜 여자애의 외모'다. 세일러복이 아주 잘 어울리는 가녀린 몸매에 지금이라도 당장 사진을 찍어 간직하고 싶을 만큼 사랑스러운 얼굴. 검은색 짧은 단발이 원래 작은 얼굴을 더욱 도드라져 보이게 했다. 예쁘다. 이 애야말로 진짜 예쁘다.

이제부터 스미카는 이 '예쁜 여자애의 외모'로 변신한 채 고다마를 만나러 갈 것이다. 약속 같은 건 물론 하지 않았다. 숨어서 기다릴 작정이다. 토요일 오후 5시부터 8시까지 고다마는 역 앞에 있는 히다마리 학원에 있다. 여자애들의 소문에 귀 기울인 덕분에 손에 넣은 정보다.

친구들과 함께 나온다면 혼자가 될 때까지 기다릴 작정이지만 아마도 고다마는 단독 행동을 할 것 같은 느낌이다. 적당히 인기척이 없는 틈을 타 말을 걸 생각이다.

'근처 학원에 다니고 있어서 자주 봤어요. 괜찮으면 연락처를 교환할 수 있을까요?'

이 엄청나게 예쁜 '외모'로 단도직입적으로 고백할 생각이다. 그러면 고다마는 어떤 반응을 보일까? 나한테 그랬던 것처럼 얼굴을 돌린 채 민폐라고 말할까? 아니면 돌변해서 기쁜 표정을 지으며 좋다고 고개를 끄덕일까?

어떤 결과든 상관없다. 그저 알고 싶었다. 그러면 뭐라도 답이 나올 것 같았다.

"저기, 갑자기 이런 거 여쭤봐도 될까요?"

역 앞으로 향하는 버스의 맨 끝자리에 나란히 앉아 있던 호노카가 스미카의 얼굴을 한 채 조심스럽게 말을 걸어왔다. 얼마든지 당당해도 좋을 외모를 가졌는데도 낯을 가리는 성격인 모양이었다.

"아, 네."

일단 학년으로는 한두 살 위로 보여서 스미카도 존댓말로 대답했다.

"대여하신 '외모'는 최대한 하루가 지나기 전까지는 반납해 주셔야 하는데요. 만약 상대방이 사귀는 걸 승낙한다면 어떻게 하실지 궁금해서요."

스미카의 외모를 한 호노카는 본인만큼은 아니어도 상당히 예뻤다. 뭐야, 나도 꽤 예쁘잖아. 그런 생각을 하면서 스미카는 대답했다.

"대답이 듣고 싶을 뿐이라서요. 사귀게 된다고 해도 적당한 연락처를 알려 주면 그만이에요."

"어머…… 그런 건가요?"

왜 그런 짓을 하는 거냐고 묻고 싶으면서 꾹 참고 있는 눈치였다. 눈빛이 흔들리고 있었다. 어차피 하루로 끝날 연애다. 스미카는 상처 입은 마음을 호노카에게 털어놓기로 했다.

"고백하려고 했더니 민폐니까 그만하라는 말을 들었어요. 너무하지 않아요? 일단 불러내기만 한 건데 그 자리에서 거절이라니. 이래 봬도 저 꽤 인기가 많은 편인데 남자애한테 그런 취급을 받은 거 있죠. 있을 수 없는 일이랄까⋯⋯."

"그랬군요."

호노카는 진지한 얼굴로 들어주었다. 기뻤다.

"그래서 저보다 훨씬 예쁜 애로 변신해서 고백하려고요. 다른 애한테 고백받으면 어떤 태도를 보일지 궁금해서."

이야기하다 보니 갑자기 감정이 북받쳐 올랐다.

"날 찬 이유가 뭔지 전혀 모르겠어요. 고다마가 손해 볼 일은 아무것도 없는데!"

거기까지 듣고 있던 호노카가 나직한 목소리로 말했다.

"어쩌면 고다마란 사람은⋯⋯."

"네?"

"아, 그게 왠지 말이죠, 고다마 씨는 도노 씨와는 그저 생각이 달랐을 뿐인 게 아닌가 싶어서요."

쿵. 가슴이 내려앉는 듯한 기분이 들었다.

"그게⋯⋯ 무슨 뜻이에요?"

"음, 그러니까 도노 씨는 자신과 사귀는 게 고다마 씨에게 분명 좋은 일일 거라고 믿었잖아요? 하지만 고다마 씨에게 있어서 좋은 일이란 게, 꼭 예쁜 여자애랑 사귀는 건 아닐지도 모른다는 생각이 들어서요."

예쁜 여자애와 사귀는 일.

스미카 입장에서는 이것만큼 한 방에 역전을 노릴 수 있는 카드는 없을 것 같다는 생각이 든다. 하지만 애초에 그럴 생각이 없다면? 어쩌면 그런 카드로 한 방에 역전이 가능할 리가 없다고 생각할 수도 있다.

전혀 상상해 본 적이 없었다. 인기 있는 것이야말로 스미카에게는 학교생활을 즐겁게 보내는 방법이었으니까. 그렇지 않은 사람도 있으리라고는…….

"그런 건가."

저절로 김빠진 목소리가 새어 나왔다. 그런 면에서 생각하는 방향이 다른 거라면 아무 소용이 없다는 생각이 들었다. 고다마의 태도에 화를 내는 건 잘못된 처사이리라.

차였다고 단정 지었지만 사실 그런 게 아니었다. 사고 방식이 다른 사람에게 자기 입장은 그렇지 않다는 설명을 들은 것뿐이다. 곰곰이 생각해 보니 고다마에게 품고 있던 감정이 사랑이었는지조차 의심스러웠다. 재차 깨달았다. 뭐야, 겨우 이런 일로 호들갑을 떨다니.

스미카는 엉거주춤 들떠있던 등을 다시 좌석 등받이에 툭 기댔다.

"저기, 호노카 씨."

"응? 아, 네!"

"계획을 바꿔도 될까요?"

◊ ◊ ◊

"그래서 패밀리레스토랑에서 파르페만 먹고 돌아온 거야?"

"응."

호노카의 '외모'가 예정보다 상당히 일찍 반납되자, 평소보다 더 세세하게 동행 중에 있었던 일을 캐물었다. 안지도 납득한 눈치다.

"호노카가 무심코 꺼낸 감상이 도노 씨에게는 필요했던 답이었구나."

안지의 말대로 자기가 그녀에게 도움이 된 거라면 기쁘다. 왜냐하면 호노카 역시도 그녀와 대화를 나누면서 답을 발견할 수 있었기 때문이다.

"결국, 난 그냥 인기를 얻고 싶었을 뿐이고 제대로 누군가를 좋아해 본 적이 없는지도 몰라."

서로 파르페가 절반 정도 남았을 즈음, 스미카는 혼잣말하듯 중얼거렸다. 이젠 서로 편하게 이름을 부르기로 했다.

"사랑을 해 본 적이 없단 뜻이에요?"

"뭐야, 또 존댓말이잖아! 서로 말 놓기로 해놓고서."

"아, 맞다. 미안……."

스미카는 완전히 신나 보였고 친한 친구들에게 그러듯 호노카와도 수다를 떨고 싶어 했다.

"사랑……이라. 사람을 좋아하게 되는 것만을 사랑이라고 부른다면 난 해 본 적이 없는 것 같아."

"없…… 구나."

그런데도 스미카가 인간 여자애라는 사실에는 변함이 없다. 중학교 3학년의 귀여운 여자애일 뿐이다.

그런 건가. 호노카는 생각했다.

사랑을 해 본 적이 없어도, 사랑이 대체 뭐냐고 생각한다고 해도 중고등학생 여자애답게 보이는 데엔 아무런 영향도 끼치지 않는구나.

그런 것보다 스미카 같은 애가 있으면 고다마 같은 애도 있다는 걸 깨닫는 쪽이 좀 더 인간답게 둔갑하는 데 도움이 될 것 같단 생각이 들었다.

인간답다는 건 한 가지 면만을 말하는 게 아니다. 스미카와 나눈 대화를 통해 그걸 깨달았다. 인간만이 지닌 특징은 무수히 많다. 그렇기에 알아야만 한다.

다양한 인간이 있다는 사실을 알아갈수록, 그만큼 더욱 능숙하게 인간으로 둔갑할 수 있을 것이다.

"호노카, 왠지 기분 좋아 보이네. 그렇게 즐거웠어? 패밀리레스토랑에서 수다 떨고 온 게?"

생글생글 웃으며 안지가 소파에서 일어났다. 머그잔을 손에 들고 있는 걸로 보아 홍차를 더 마시려고 주방에 갈 모양이다.

그 뒷모습을 바라보며 호노카는 다시금 생각해 보았다.

만약 자신이 이대로 인간 그 자체가 되어 버린다면? 두 번 다시 여우의 모습으로 돌아가지 못하고 인간의 모습으로 '인간 사회'에서 살아가게 된다면?

딱히 고민할 필요도 없이 대답은 나와 있었다.

그래도 좋고, 그렇게 되지 않아도 좋다. 매일 사와카와 구레하, 마토이, 그리고 안지가 함께 있어 주기만 한다면.

"뭐야? 벌써 온 거야?"

차르르 주렴이 흔들리더니 마토이가 거실로 들어왔다. 커다랗게 부푼 에코백을 한 손에 들고 있다. 쇼핑을 다녀온 모양이다. 곧이어 역시나 쇼핑용 배낭을 어깨에 걸친 구레하가 들어왔다.

구레하도 소파에 앉아 있는 호노카를 보자마자 놀란 표정을 지었다.

"예정 시간보다 상당히 빨리 왔네. 설마 대여하는 중에 무슨 문제라도……."

말을 가로막듯이 주방에서 안지가 대꾸했다.

"손님 쪽에서 일정을 변경하고 싶다고 한 모양이야. 대신 둘이서 파르페 먹고 좀 전에 반납하러 왔더라."

확인하듯 구레하가 쳐다본다. 호노카는 고개를 끄덕였다. 잔뜩 찌푸리고 있던 구레하의 눈썹이 풀어진다. 납득한 눈치다.

"사와카는 좀 늦어질 것 같아."

주방으로 걸음을 옮기면서 마토이가 안지에게 보고했다.

"슈퍼마켓 앞에서 도미타 씨한테 붙들렸거든. 잠깐 상대해 주고 올 모양이야."

최근 사와카는 그야말로 이웃 할아버지들에게 인기가 많다. 장기 두는 솜씨가 프로급이라는 사실이 알려진 탓이다.

"사실은 구레하 쪽이 더 선수잖아."

냉장고 앞에 쭈그리고 앉은 마토이의 머리를 구레하가 가볍게 쿡 찌른다.

"절대 입도 뻥긋하지 마. 나까지 붙들렸다간 일에 지장 있으니까."

삐 삐 삐. 냉장고에서 경고음이 울려 퍼졌다.

"마토이, 전에도 말했지."

안지가 열려 있던 냉장고 문을 닫은 뒤 마토이 옆에서 허리를 숙인 채 에코백 안을 들여다본다.

"문을 연 채로 두면 내부 온도가 올라가 버린다고. 미리 냉장고에 보관할 품목을 골라 놓고 문을 열라니까. 그게 더 효율적이잖아?"

"이쪽은 냉장, 이쪽은 상온."

중얼거리면서 둘이 분류를 시작했다.

벌써 구레하는 저녁 식사 준비에 들어간 모양이다. 철컹. 요란한 소리가 들렸다. 물을 채운 냄비를 가스레인지에 올리는 소리다.

"뭘 하게?"

"포토푀(고기와 채소를 삶아서 만드는 프랑스식 수프 요리-옮긴이) 만들려고."

"그럼 내가 감자 껍질 벗길게."

안지가 구레하 옆에 섰다.

저녁 무렵이면 반드시 호노카가 마주하는 일상의 풍경이었다.

"상상이 현실이 되는 이상한 곳,
'외모 대여점'으로 초대합니다."

무엇이든 빌려드립니다
외모 대여점

제1판 1쇄 인쇄 | 2022년 9월 1일
제1판 1쇄 발행 | 2022년 9월 8일

지은이 | 이시카와 히로치카
옮긴이 | 양지윤
펴낸이 | 오형규
펴낸곳 | 한국경제신문 한경BP
책임편집 | 윤혜림
교정교열 | 김가현
저작권 | 백상아
홍보 | 이여진 · 박도현 · 하승예
마케팅 | 김규형 · 정우연
디자인 | 지소영
본문디자인 | 디자인 현

주소 | 서울특별시 중구 청파로 463
기획출판팀 | 02-3604-590, 584
영업마케팅팀 | 02-3604-595, 583 FAX 02-3604-599
H | http://bp.hankyung.com   **E** | bp@hankyung.com
T | @hankbp   **F** | www.facebook.com/hankyungbp
등록 | 제 2-315(1967. 5. 15)

ISBN 978-89-475-4840-3 (03830)

마시멜로는 한국경제신문 출판사의 문학 브랜드입니다.
책값은 뒤표지에 있습니다.
잘못 만들어진 책은 구입처에서 바꿔드립니다.